N.S.

AF239817

Loslassen – die Freiheit Mutter zu sein

N.S.

# Loslassen –

# die Freiheit Mutter zu sein

Biografischer Roman

Bibliografische Information der Deutschen Nationalbibliothek:
Die Deutsche Nationalbibliothek verzeichnet diese Publikation in
der Deutschen Nationalbibliografie; detaillierte bibliografische
Daten sind im Internet über http://dnb.dnb.de abrufbar.

Die automatisierte Analyse des Werkes, um daraus
Informationen insbesondere über Muster, Trends und
Korrelationen gemäß §44b UrhG („Text und Data Mining") zu
gewinnen, ist untersagt.

© 2025 NS

Verlag: BoD · Books on Demand GmbH, Überseering 33, 22297
Hamburg, bod@bod.de

Druck: Libri Plureos GmbH, Friedensallee 273, 22763 Hamburg

ISBN: 978-3-8192-0941-3

**Für meine Kinder,**

die mein Leben sind, die mir Kraft geben und mich lehren, dass es kein Rezept für Erziehung gibt – nur Liebe. Ihr seid einzigartig, jeder von euch.

**Für meine Mama, meinen Papa, meine Brüder,**

die stets versuchten, mich zu verstehen und mich vor allem so annahmen, wie ich bin.

**Für mein Gotti und meinen Götti,**

die stets an meinem Leben teilhatten.

**Für meine besten Freunde,**

die immer zu mir standen und es auch weiterhin tun. Physische Distanz spielt keine Rolle, wenn es um wahre Freundschaft geht.

## Vorwort

Stets die Verantwortung für das eigene Handeln übernehmen, denn letztlich ist es unser Weg – mit unzähligen Möglichkeiten und wertvollen Erfahrungen, die wir anfangs nicht immer erkennen. Manchmal scheint der Weg klar, andere Male sind wir im Nebel der Ungewissheit gefangen. Doch jedes Handeln, jede Entscheidung, führt uns weiter. Wir sind nicht immer in der Lage, den Kurs auf den ersten Blick zu verstehen, aber in der Tiefe wissen wir, dass jede Wendung, jedes Zögern seinen Sinn hat. Und auch wenn die Antwort auf die Frage „Warum?" nicht sofort klar ist, so wächst doch in uns die Gewissheit: Der Weg wird sich zeigen – Schritt für Schritt.

# Inhaltsverzeichnis

# UNTERWEGS ZWISCHEN WELTEN

*„Lernen ist Erfahrung. Alles andere ist
einfach nur Information. -
Ich habe keine besondere Begabung, sondern
bin nur leidenschaftlich neugierig."*

*Albert Einstein*

Langsam verblasst das mystische Licht des Mondes hinter den noch im Schatten liegenden Bergen und macht Platz für die Sonne, die zögernd den neuen Tag begrüßt. Die Morgenröte wirft goldene Flecken auf das dunkle Meer, das in der Stille der frühen Stunde noch wie ein atmendes Wesen ruht.

Die ersten Gestalten regen sich in ihren Chuschas, blinzeln verschlafen unter den schweren Wolldecken hervor. Andere, noch in ihre Decken gehüllt – denn die Kühle des Morgens hält sich zäh, kauern am Boden und bereiten ihren Tee zu. Die ersten Sonnenstrahlen fallen wärmend auf ihre Rücken.

Der Himmel hat sich inzwischen in goldenes Licht getaucht, und auch das Meer erwacht – lässt seine Wellen lauter gegen die Steine schlagen. Ein neuer Tag beginnt in der Wüste.

Zeitlos scheint er, dieser Tag. Ohne Druck, ohne Stunden, ohne Minuten. Nur der Sonnenaufgang und die einbrechende Nacht bestimmen hier den Rhythmus. Ein Rhythmus, der friedlich wirkt, fast heilig. Und doch liegt unter dieser Oberfläche eine andere Wirklichkeit: Unterdrückung, Korruption, Gewalt, erbitterte Machtkämpfe – das stille

Auslöschen eines Volkes und seiner Kultur. Ein Schicksal, das Ureinwohner an vielen Orten der Welt teilen.

Der Mensch – der sich selbst für intelligent hält, sich über alles erhebt, dem technischen Fortschritt hinterherjagt, dem Materialismus verfallen – hat die Menschlichkeit vergessen. Er verwechselt Nächstenliebe mit Egoismus, instrumentalisiert sie für seine eigene Selbstverwirklichung. macht Hilfsbereitschaft zur Maske der Gier. Aus der Geschichte hat er nichts gelernt. Und mit der Natur, dieser eigentlichen Stütze der Welt, weiß er nicht mehr umzugehen. Die Länder, die äußerlich mächtig und reich erscheinen, sind innerlich oft hohl – erfüllt von Einsamkeit, Unzufriedenheit, Seelenleere. Wird der Mensch seinen Seelenfrieden je wiederfinden? Wird er seinen Geist wieder spüren, bewusst wahrnehmen können? Wird er je wieder im Einklang mit der Natur leben? Ich weiß es nicht.

„Ich sitze in der Wüste, umgeben von Dürre, ein gleißendes Licht, das alles verschlingt. Ich höre Trommeln. Zusammengekauert auf meinem Felsen, die Arme um die Beine geschlungen, den Kopf auf den Knien, nehme ich den Augenblick in mich auf. Loslassen."

Ich lese diesen Tagebucheintrag, während ich auf meiner Strohmatte liege. Worte, die ich vor einem Monat schrieb. Es fühlt sich an, als sei es viel länger her. Woher kommt dieses seltsame Zeitgefühl? Ein Monat kann sich endlos anfühlen – oder verfliegen wie ein einziger Tag. Die Zeit, so relativ sie ist, entfaltet sich auf unzählige Weisen. In vielen Teilen der Welt dient sie dazu, das Leben zu strukturieren. Bringt sie Sicherheit? Oder ist es vielmehr der wirtschaftliche Druck, der Drang nach Erfolg und Wohlstand, der eine minutiöse Zeiteinteilung verlangt – bis auf die Sekunde genau?

„Griechenland. 20 Stunden Arbeit am Tag. Verschiedene Hotels als Arbeitsplätze. Ein Autostopp führt zum Kennenlernen des Kapitäns und des Offiziers eines Luxusschiffes – und zu einer Einladung mit Gala-Dinner an Bord. Endlich mal den Bauch vollschlagen. Die kostenlosen Eiskaffees im Hotel sind oft das Einzige, was wir tagsüber zu uns nehmen, abgesehen von Wasser. Das Thermometer zeigt fast immer über 40 Grad Celsius."

Ich blättere ein paar Seiten weiter.

„Sonntagnachmittag. Statt zu arbeiten, sind wir mit der Truppe in die Altstadt gegangen. Wir kamen erst um 22 Uhr ins Hotel zurück. Das wird wohl zu Auseinandersetzungen mit dem Besitzer führen."

Ich lächle bei der Erinnerung. Eine bunte Truppe waren wir – mal mehr, mal weniger dynamisch, doch alle verband der Wunsch, unterwegs zu sein. Wir arbeiteten für verschiedene Hotels in der Stadt, sprachen Touristen an Bahnhöfen und Häfen an, warben für Unterkünfte. Erst im fünfstöckigen Rio Hotel, später dann im Tivoli. Die Besitzer – geizig, fordernd, ausbeuterisch. Wie überall. Und doch: Wir lebten.

Ich recke mich in der Chuscha. Die Sonne steht nun höher. Die Hitze breitet sich in der Strohhütte aus. Um mir noch einen Moment der Ruhe zu gönnen, schiebe ich die knarrende, schiefe Tür auf. Frische Luft strömt herein, ein Blick auf das tiefblaue Meer, das in leichten Wellen schimmert. Ich nehme wieder mein Tagebuch zur Hand.

„Unser Lieblingsrestaurant am Hafen. Manchmal gibt es Frühstück umsonst. An manchen Tagen sind die Restaurants überfüllt mit Touristen, und wir müssen uns gegenseitig die Gäste wegschnappen. Abends gehen wir gemeinsam in eines der Hotels, für die wir arbeiten, tauschen Reiseberichte aus, machen Musik oder lesen und lachen. An manchen Tagen ist die Hitze zu viel für uns. Heiß, müde und schlecht gelaunt stehen wir dann am Hafen oder am Bahnhof."

Einige Seiten weiter:

„Wir haben einen freien Tag einberufen. Bei dieser Arbeit gibt es keine freien Tage, aber heute nehmen wir uns alle eine Auszeit. Wir verbringen den Tag am Strand: Sonne, Wärme, Wind, Meer. Am Abend rufen wir unseren griechischen Freund an. Er holt uns mit seinen Freunden ab, und wir fahren zusammen hinaus aus der Stadt. Wir musizieren. Djembe, Didgeridoo, Gitarre. Es ist fast Vollmond. Wir sitzen auf einer Waldlichtung, nur das Rauschen der Autos in der Ferne und die verschwommenen Lichter der Stadt am Nachthimmel lassen die Metropole erahnen. Um 5 Uhr morgens fahren wir direkt zur Arbeit am Hafen."

Ein Schmunzeln huscht über mein Gesicht bei der Erinnerung an die reichen jungen Griechen, die uns großzügig einluden. Eine ganz andere Welt. Reisende müssen ständig arbeiten, um weiterzukommen. Wir, angestellt in den Hotels der Stadt, erhielten manchmal ein Getränk, manchmal eine Mahlzeit – Lohn kann man das kaum nennen. Stomates, der Besitzer unseres Hotels, besaß auch eines auf Paros. Er wollte uns für ein Wochenende dorthin schicken. Doch vorher mussten wir uns mit ihm herumschlagen – ein dicker, selbstverliebter Mann mit Hang zur Selbstdarstellung. Zähe Verhandlungen folgten.

Im Tagebuch steht:

„Endlich klappt es. Nach einer stürmischen Überfahrt erreichen wir Paros. Das Schiff schwankte in den Wellen, salzige Gischt peitschte über die Reling, und der Wind heulte wie ein ungeduldiger Bote des Meeres. Als wir anlegen, fühlt sich der feste Boden unter unseren Füßen beinahe unwirklich an.

Wir mieten eine Vespa, lassen das Tosen des Meeres hinter uns und brechen auf, die Insel zu erkunden. Der Fahrtwind trägt noch den Geschmack des Salzes mit sich, während wir durch verwinkelte Straßen gleiten. Weiß-blaue Häuser stehen wie kleine Festungen auf dem felsigen Boden, ihre Fassaden leuchten im Licht der Sonne und verschmelzen mit dem endlosen Türkis des Ägäischen Meeres. Die Häuser sehen aus wie auf einer Postkarte – nur lebendiger, greifbarer. Sie riechen nach Salz, Sonne und Geschichte.

Zurück in Athen, wo der Staub der Straße erneut an uns klebt, freuen wir uns über eingetroffene Briefe. Eltern, Freundinnen, Freunde schreiben uns, erzählen von ihrem Alltag. Sie fragen: „Weißt du noch? Du stehst morgens um diese Zeit auf und fragst dich, was du heute machen sollst?"

Diese Briefe sind kostbar. Ich bewahre sie alle auf. Sie sind Teil meines Reisegepäcks. Sie erzählen von einer Welt, die mir einst vertraut war – und nun so fern erscheint. Wie schnell kann man loslassen und sich neu einfinden? Der Mensch ist ein Anpassungstier, oder?

Ich strecke mich. Der harte Wüstenboden unter meiner Matte erinnert mich an die Gegenwart. Noch einen letzten Eintrag, bevor das arabische Frühstück ruft. Mein Magen knurrt sehnsüchtig. Ich lese:

„Die letzten Tage haben wir mit unserem Reggae-Freund auf der Straße Musik gemacht – ein wenig Geld verdient. Am letzten Abend feiern wir ein Abschiedsfest. Alle, die einen Monat lang unser Leben bereichert haben, kommen. Franzosen, Iren, Engländer, Australier, Italiener, Serben, Mazedonier, Tschechen – die Internationalität ist groß, die Stimmung gut. Die meisten werden wir nie wiedersehen. Und doch waren sie für einen kurzen Moment Teil unseres Lebens. Sie haben unseren Weg geprägt, unser Sein beeinflusst. Sie waren ein Teil von uns."

Ich heiße Nuala.

Ein Name aus der irischen Mythologie – er bedeutet „weiße Schulter" und steht für Reinheit. Eine Kurzform von Fionnuala, Tochter des Meeresgottes Lir. Ich bin jung. Jung, wissbegierig und voller Neugier. Würde ich mich selbst beschreiben, fiele zuerst das Wort: freiheitsliebend. Vielleicht auch rebellisch – weil ich mich nie ohne Widerstand in vorgefertigte Formen pressen ließ. Früher war ich schüchtern. So schüchtern, dass ich mich nicht einmal traute, mich bei der strengen Lehrerin im Klassenzimmer zu melden. Das hat sich längst verändert. Vermutlich, weil ich meine Scheu auf Reisen ablegen musste – oder durfte.

Das Land, in dem ich aufwuchs, fühlte sich nie wie meins an. Die endlosen grauen Herbst- und Wintertage, das feuchte Licht, der Nebel, der einen von morgens bis abends umhüllte – all das drückte mir aufs Gemüt. Der durchstrukturierte Alltag, die unausgesprochene Pflicht zur Anpassung, die Enge der Blicke, sobald man aus der Norm fiel. Alles war eng. Das Wetter, das Denken, das Leben. Wer anders war, wurde beäugt. Wer querdachte, galt als schwierig.

Und doch gab es sie – jene, die sich dem nicht beugen wollten. Ich hatte solche Freunde. Menschen mit Ecken, mit Mut. Sie fielen aus dem Raster. Sie galten als asozial. Es war schwer, sich dem Sog der Anpassung zu entziehen. Selbst für etwas so Einfaches wie den Verkauf von Brot – wie ihn meine Freundin in Südamerika betreibt – brauchte man eine Genehmigung. Alles war durchorganisiert, zertifiziert, kontrolliert.

Anstatt Menschen zu ermutigen, ihrer inneren Spur zu folgen, zahlte man ihnen lieber eine Versicherung und drängte sie in eine vorgegebene Norm – so, wie es das System vorsah.

Ich nahm Beziehungen mit auf meine Reisen. Jeder Mensch trägt seinen Rucksack. Und man kann ihn nicht einfach ablegen. Man trägt ihn mit – und versucht, ihn leichter zu machen. Manche Verbindungen fanden ihren Platz, andere blieben schwer. Eine dieser Beziehungen war die zu Leaf. Ich erinnere mich noch an den Moment, als er sagte, es sei ihm egal, ob ich mich verändere, solange ich schön bleibe. Ich fühlte mich leer. War es das, was er in mir sah – Äußerlichkeit? In diesem Augenblick begriff ich, dass ich mich selbst finden musste. Ohne jemanden, der mich nur an der Oberfläche liebte. Es war vorbei. Und doch war es mehr als das Ende einer Beziehung. Noch immer überkommt mich eine leise Melancholie, wenn ich an ihn denke. Wir waren beide auf unsere Weise Rebellen. Diese Gemeinsamkeit verband uns – und war doch nicht genug. Vielleicht fehlte uns alles andere. Doch eine zarte Nostalgie bleibt.

Dann war da Duri. Eine Liebe, die einst mein Ein und Alles war. Doch die Frömmigkeit stellte sich zwischen uns. Freikirche oder Sekte – wer zieht da die Grenze? Ich wuchs in einer Freikirche auf, doch die Angst, die dort gepredigt wurde, ließ mich zweifeln. Jahrelang kämpfte ich gegen die Vorstellung eines strafenden Gottes, gegen Geschichten von Hölle und Verdammnis. Missionieren war Pflicht – sonst, so hieß es, gebe man sich nicht genug Mühe. Doch irgendwann fand ich etwas anderes. Etwas, das in mir lag. Ein Glaube ohne Angst. Ohne Institution. Ohne das Bedürfnis, anderen zu sagen, was richtig und falsch ist. Ein Glaube, der annimmt. Der liebt. Der da ist, wo Frieden ist. Mit Duri sprach ich oft über den Glauben. Und mit jedem Gespräch wurde klarer: Unser Glaube verband uns – und trennte uns zugleich. Er verlor sich in einer Wahrheit, die nicht meine war. Ich musste loslassen. Nicht nur ihn. Auch das Bild eines Glaubens, das mich einst getröstet hatte. Es war ein schmerzlicher Abschied. Noch heute spüre ich ihn manchmal, den Stich der Wehmut. Die Erinnerung an etwas, das einst vollkommen schien und doch nicht trug. Die Bitterkeit ist vergangen. Geblieben ist ein leises Bedauern. Und das stille Wissen: Alles, was zu Ende geht, hat seinen Grund. Mit Duri verlor ich nicht nur einen Menschen, sondern auch ein altes Selbstbild. Ich lernte, dass wahre Spiritualität in mir selbst wohnt – nicht in Dogmen, nicht in Gebäuden. Manchmal lasse ich die Erinnerungen zu. Ich sehe ihn vor mir, wie er die Strandpromenade entlangläuft. Wild. Lachend. Voller Energie. Ich sehe den Moment, in dem er einen Stein aufhebt und auf den Boden schreibt: Ich liebe dich. Und ich höre die Musik – unser unsichtbares Band. Das Komponieren fehlt mir. Das gemeinsame

Schaffen. Doch ich lasse auch diese Erinnerung los – und bin dankbar. Für alles, was war. Für die Musik. Für die Liebe. Jede Begegnung auf meinem Weg ist ein Schritt zu mir selbst. Leaf zeigte mir, dass Liebe keine Bedingungen kennen darf. Duri ließ mich erkennen, dass der wahre Glaube in der Tiefe des Herzens liegt.

Freiheit liegt in der Beweglichkeit des Geistes.

Leaf und Duri begleiten mich als wertvolle Erfahrung, doch sie bestimmen nicht, wohin ich gehe. Es ist die äußere Welt, die mir hilft, die innere neu zu entdecken. Jeder Ort, den ich betrete, ist ein Symbol für einen Moment des Loslassens.

Loslassen.

Ich höre das Klavier. Lasse den Klang durch mich strömen. Breite die Arme zum Himmel aus. Umgeben vom Sand, durchdrungen vom Licht der untergehenden Sonne. Ich lache. Ich tanze. Vom Klang der Tasten getragen. Ich tanze, wie eine Wolke sich treiben lässt. Und spüre: Freiheit. Die Wüste schenkt mir nicht nur einen physischen Raum. Sie wird zu einem inneren Ort. Sie lehrt mich: Wahre Freiheit liegt im Lösen der inneren Fesseln. Die Musik, die mich in Momenten der Stille begleitet, ist mein Kompass. Hier, in der unendlichen Weite, finde ich Harmonie. Zwischen meinem Herzschlag und der großen, stillen Welt.

Es wird zu heiß in der Chuscha. Ich ziehe eine leichte Hose an, ein luftiges T-Shirt, greife zur Zahnbürste. Der Sand knirscht zwischen meinen Zähnen. Wüstensand – überall.

Im einfachen Restaurant ist es angenehm kühl. Teppichböden, offene Wände. Ich setze mich auf die bunten Kissen am niedrigen Holztisch. Ein paar Katzen schleichen heran. Ich verscheuche sie. Sie kommen zurück. Dies ist ihre Welt. Die Welt der Katzen. Überall Katzen. Überall ihr Geruch. Mal schwächer, mal stärker. Man gewöhnt sich daran.

Ich genieße mein Tahini mit Fladenbrot. Den Salat. Den viel zu süßen Schwarztee. Schreibe meine Gedanken ins Tagebuch. Zum Nachtisch ein Sahlab – cremig, warm, nach Orchidee schmeckend. Satt. Zufrieden. Bereit für einen neuen Tag in der Wüste.

# SPUREN DES LOSLASSENS

*„Der Mensch kann keine neuen Ozeane*
*entdecken, wenn er nicht den Mut hat, das*
*Ufer aus den Augen zu verlieren."*

*André Gide*

Wir kommen in Israel an. Zunächst dürfen wir bei einem Bekannten unterkommen. Doch schon nach wenigen Wochen dringen die süßlich-strengen Gerüche von Katzen durch unsere Kleidung, durch die Matratzen, durch alles, was wir anfassen. Es wird unerträglich. Wir wissen: Wir müssen raus. Die Wohnungssuche zieht sich über Wochen, die Tage sind heiß und zäh, die Abende erschöpfend. Dann, endlich, finden wir eine Bleibe. Sie gehört einem bosnischen Flüchtling, der den Krieg in sich trägt wie eine unauslöschliche Narbe. Nachts schläft er unruhig, auf einer dünnen Matratze, ein Messer unter dem Kopfkissen. Immer wieder reißen ihn Albträume aus dem Schlaf. Unsere neue Unterkunft ist schlicht: ein kleines Bad, eine Kochnische, ein Wohnzimmer, in dem wir alle auf dem Boden auf Matten schlafen. Doch das Highlight ist der Balkon – von hier aus sieht man ein winziges Stück Meer. Ein Ausschnitt in Blau, der uns täglich begrüßt.

Die Suche nach Arbeit gestaltet sich genauso schwierig wie unser Alltag. Obwohl ich offen für alles bin, stoße ich bei einem Job als Kindermädchen in einer millionenschweren Villa schnell an meine Grenzen. Die Atmosphäre ist steril, das Leben dort fühlt sich fremd an. Ich gehe – ohne etwas zu vermissen.

Beim Autostopp begegnen wir zwei Männern, die einen afrikanischen Kulturclub betreiben – einer ist jüdischer Israeli, der andere arabischer Herkunft. Sie bieten uns eine Gelegenheit zur Mitarbeit: Wir sollen auf abgegebene Jacken und Taschen aufpassen. Es ist kein glamouröser Job, aber er sichert uns ein kleines Einkommen.

Tagsüber finde ich zusätzlich eine Stelle in einem Kiosk in Marktnähe. Es gibt Trikolor-Kaffee, frisch gepressten Orangen- und Karottensaft, kleine Snacks. Vor dem Kiosk stehen ein paar Stühle – ein Ort für Zufälle, Begegnungen, flüchtige Gespräche.

Auch die Kinderbetreuung beginnt für mich erneut – diesmal unter anderen Umständen. Ich passe auf den Sohn eines spirituellen Paares auf, das sich mit Magie und Mystik beschäftigt. Hinter dem Sofa hängt ein schwarzes Bild, düster, aufgeladen, fast bedrohlich. Ich fühle mich unwohl. Als Schutz trage ich ein kleines Kruzifix bei mir – als könnte es mich vor etwas Unsichtbarem bewahren.

Einmal pro Woche betreue ich Kinder von illegalen Einwanderern. Ecuadorianer dürfen zu dieser Zeit visumsfrei einreisen und bleiben – in der Hoffnung auf Arbeit, ein besseres Leben. Ihre Kinder werden oft sich selbst überlassen. Ich kümmere mich um sie.

Ilvy, meine treue Reisefreundin, die inzwischen ebenfalls eigene Wege geht, hütet das Kind einer wohlhabenden Familie. Wir teilen uns die Arbeit im Kulturclub und im Kiosk. Manchmal helfe ich einem Elektriker – ein Nebenverdienst, der endet, als er sich in mich verliebt. Ich ziehe mich zurück, um Grenzen zu wahren. Stattdessen finde ich einen neuen Job bei einem Fotografen.

Der Kiosk wird zum stillen Mittelpunkt meines Alltags. Immer wieder tauchen vertraute Gesichter auf – arabische Markthändler, die mir Geschichten schenken, während ich an ihren Ständen Gemüse und Hühnchen kaufe.

Unter den Stammgästen ist Matthew, ein amerikanischer Reisender, der geblieben ist. Jeden Tag kommt er auf ein Bier. Er redet viel – von seiner Einsamkeit, von seinem Schmerz. Ich höre zu. Doch ich weiß: Ich kann ihm nicht helfen. Jeder muss selbst entscheiden, wie er sein Leben führen will.

Ein anderer ist ein junger russischer Jude. Seine Geschichte ist leise und schwer.

Der Vater – reich, mit dunkler Vergangenheit. Die Mutter – müde vom Leben, allein.

Er hat alles, nur keine Liebe. Und genau das ist es, was ihn zerreißt.

Nach und nach treten zwei Menschen in mein Leben, deren Bedeutung ich damals noch nicht ahne. Einer betreibt ein jemenitisches Restaurant, wo ich stundenweise arbeite. Durch ihn lerne ich eine Frau kennen, die mir ein Leben lang treu bleiben wird – eine Freundin von leiser Tiefe. Sie ist Linkshänderin wie ich, hat im selben Monat Geburtstag und trägt den gleichen Namen wie ich.

Eine weitere Bekanntschaft ist ein Armeeverweigerer. Zart, sensibel, voller Überzeugung. Er glaubt an Frieden – in einem Land, das ihn dafür verachtet.

Diese Begegnungen sind wie Spuren im Sand: unsichtbar für andere, doch in mir eingebrannt. Manche Freundschaften entstehen in einem Augenblick und prägen ein Leben. Andere wachsen langsam, still, und wurzeln tief.

Das Besondere am Reisen sind nicht Orte, sondern Verbindungen – jene, die Grenzen überwinden, Unterschiede überbrücken, Kulturen miteinander verweben.

Es sind die inneren Räume, die aufgehen, wenn man einem anderen Menschen wirklich begegnet.

Nicht das Ziel zählt, sondern der Mensch, der einem begegnet.

Und der Mensch, der man selbst dabei wird.

Die Tage füllen sich schnell, getaktet von harter Arbeit und einem ständigen Streben. Die Zeit rinnt, beinahe unbemerkt. Doch zwischen all dem Lärm des Alltags gibt es Momente, die das Herz aufleuchten lassen: die Briefe. Jeder Umschlag, der im Postfach landet, ist wie ein kleines Fest, ein Hauch von Heimat, der zwischen die Finger gleitet. Die Post braucht oft Monate, bis sie ankommt, aber wenn ein Brief schließlich da ist, fühlt es sich an wie Weihnachten. Behutsam öffne ich den Umschlag, als hielte ich etwas Zerbrechliches in der Hand. Die Worte darin sind Licht, sind Nähe, sind Erinnerung. Die kostbarsten Briefe bewahre ich in einer kleinen Kiste, damit ihre Wärme nie ganz vergeht.

Telefonate hingegen sind kurz und teuer. Doch der Klang der vertrauten Stimme, die aus der Ferne durch das Rauschen dringt, bleibt. Für einen Augenblick ist alles da: das Lachen, das Echo einer gemeinsamen Zeit. Auch wenn der Moment flüchtig ist, hinterlässt er ein Lächeln, das lange bleibt.

Immer wieder zieht es mich in die Weite der Wüste. Jeder Aufenthalt ist ein Rückzug ins Essenzielle, ein Abstreifen des Lärms. Heute soll es das Tote Meer sein – Bahr al Mayyit, das Meer des Todes, wie es die Araber nennen. Ich packe leicht: ein paar Kleider, etwas Obst, Wasser. Die Sonne brennt gnadenlos, doch in der Nacht wird es bitterkalt. Nach Stunden im Bus steige ich aus. Gleißendes Licht zwingt mich, die Augen zu kneifen, die Hitze schlägt mir wie eine Welle entgegen. Die Steine unter meinen Sandalen glühen. Ich gehe langsam zum Ufer, lasse mich auf einen heißen Felsen nieder und atme die Stille. Vor mir liegt Jordanien, hinter mir steigen Berge auf, die sich im wolkenlosen Himmel verlieren.

Ich schäle eine Pomelit – eine Mischung aus Grapefruit und Orange. Ihr bitterer Geschmack löscht den Staub auf meiner Zunge, füllt mich mit Kraft. Spontan entscheide ich, vor Sonnenuntergang zur Oase zu wandern. Der Weg ist steinig, der Aufstieg mühsam. Ich begegne Klippschliefern, sie erinnern mich an Murmeltiere aus den Alpen. Das Wadi ist trocken, aber die Hitze bleibt.

Stunden später erreiche ich die Quelle. Ich setze mich unter eine Akazie, trinke, atme auf. Einige muslimische Frauen baden in langen schwarzen Kleidern, während die Männer auf den Felsen sitzen und Tee trinken. Ich warte, bis eine Touristengruppe eintrifft, um unbemerkt ins Wasser zu steigen. Das kühle Nass umhüllt mich, tropft wie silberne Perlen an meinen Armen herab. In der Ferne glitzert das Tote Meer – ein Ort, den schon die Menschen der Kupferzeit verehrten. Nach einer Dusche unter dem Wasserfall mache ich mich auf den Rückweg. Stunden später sitze ich wieder am Ufer, auf demselben heißen Stein. Die Nacht ist still, der Vollmond wirft silbrige Schatten auf das glatte Wasser. In der Ferne glimmen die Lichter jordanischer Dörfer. Ein Hirtenhund singt sein nächtliches Lied, und vom gegenüberliegenden Ufer ruft der Muezzin zum Gebet. Ich breite meine bunte Decke unter den Dattelpalmen aus, bette mich auf den harten Boden, den Blick zum Himmel gerichtet. Der Wind kommt auf – kein kühler Hauch, sondern eine flammende Böe, die Sand in mein Gesicht bläst. Ich ziehe das Laken über den Kopf, mein Körper schmerzt, der Schlaf will nicht kommen. Erst gegen Morgen, als der Wind nachlässt, übermannt mich die Erschöpfung.

Die Wüste ist ein Ort des Loslassens. Jeder Schritt hinterlässt eine Spur, die der Wind sofort wieder verwischt. Und doch bleiben die Eindrücke: die Glut des Steins unter den Füßen, der bittere Geschmack der Pomelit, das unaufhörliche Streben nach dem nächsten Ziel. Diese Erlebnisse prägen sich ein – unsichtbar, aber tief. Es sind Spuren des Loslassens, die uns den Weg weisen. Auch das Reisen selbst ist eine Schule des Loslassens: das Loslassen vom Rucksack, der mit jeder Erfahrung schwerer wird; das Loslassen von Menschen, die ein Stück des Weges mit uns gingen; das Loslassen von Ängsten und Vorurteilen – um Raum zu schaffen für Neugier. Ohne sie sollte man gar nicht erst aufbrechen. Sie öffnet Türen, lässt Begegnungen zu. Doch auch sie braucht Maß, sonst wird der Rucksack zu schwer und drückt uns nieder unter der Last des Erlebten. Ich lerne es immer wieder: Meine Neugier, meine Spontaneität, meine Fragen haben mir Wege geöffnet, Begegnungen geschenkt, Geschichten. Doch manchmal ist es Zeit, auszupacken, loszulassen – auch das, was einst das Herz erfüllt hat. So kommt er, der endgültige Abschied von Duri.

Es ist ein warmer Tag in Israel, als er ankommt. Ein paar gemeinsame Tage, bevor er sich auf seine Weiterreise macht. Ich stehe vor dem Damaskus Tor in Jerusalem, mein Blick verliert sich in der Weite der Straße. Eine einzige Frage kreist in mir: Wie wird dieses Wiedersehen sein?

Als er vor mir steht, hält mein Herz für einen Moment den Atem an. Doch der Zauber bleibt aus, als hätte jemand das Licht gedimmt, das einst zwischen uns brannte. Keine flirrende Aufregung, kein Aufbäumen, kein Drang, ihm näherzukommen. Nur ein fernes Echo. Ein Schatten aus einer anderen Zeit. Unsere Gespräche gleiten dahin – mal flüchtig, dann wieder berührend tief. Doch selbst in der Tiefe fehlt das Glühen von damals.

Wir lassen es geschehen, wortlos einverstanden. Denn wir wissen es beide: Unsere gemeinsame Zeit ist vorbei.

Dieses Wissen liegt wie eine zarte Schwere in der Luft, unausgesprochen, aber gegenwärtig.

Und auch wenn sich Melancholie wie ein Schleier zwischen uns legt – wir wissen: Dies ist der Abschied. Leise. Endgültig. Und trotzdem voller Frieden.

Monate später, lange nachdem er gegangen ist, erreicht mich sein letzter Brief.

„Liebe Nuala,

ich danke dir für deinen offenen Brief. Als ich heute in den Briefkasten sah und deine Handschrift entdeckte, wurde mir warm ums Herz. Ich liege mit einer Grippe im Bett. Vor meinem Fenster tanzen die Schneeflocken, und ich beobachte ihre filigranen Formen. Vielleicht werde ich später ein Musikstück komponieren, das sie einfängt. Es ist in e-Moll geschrieben. Vielleicht sollte ich es in Dur umwandeln – aber bleibt dann die Melancholie?

Ich bin mir unsicher. Es ist das schwierigste Stück, das ich je geschrieben habe. Früher fiel uns das Komponieren leicht. Vielleicht, weil wir uns ergänzten? Oder weil ich mir heute zu viel vornehme?

Ich glaube, ich komponiere dieses Stück für dich. Es ist mein letzter Abschied – zumindest denke ich das. Wer weiß, ob sich unsere Wege je wieder kreuzen?

Ich hoffe, du hattest einen schönen Geburtstag – umgeben von Musik und guten Menschen. Du bist der spontanste Mensch, den ich kenne. Diese Spontaneität hat mich immer inspiriert. Ich vermisse sie.

Viele fragen mich, wann du zurückkommst. Und das Kalb, das nach dir benannt wurde – es ist inzwischen groß. Meine Mutter spricht noch immer täglich mit ihm. Sie vermisst dich auch.

Ja, ich habe mich auf meiner letzten Reise ein wenig verliebt. Sie ist nicht wie du, aber sie ist nett. Ist das richtig? Ich weiß es nicht. Vielleicht ist es einfach der Lauf des Lebens.

Ich denke noch oft an dich. Unsere Beziehung war etwas ganz Besonderes – und wird es wohl immer bleiben.

In diesem Sinne,

Duri"

Die Zeilen lese ich noch einmal, langsam, mit diesem bittersüßen Gefühl von Nähe und Ferne zugleich. Dann lege ich ihn leise lächelnd in meine Kiste. Ein letztes Geschenk des Abschieds. Und ich lasse los – ganz sachte. Ganz still. Endgültig.

Loslassen hinterlässt Spuren. Nicht immer sichtbare, aber spürbare. In der Wüste, im Alltag, in der Arbeit, in unseren Beziehungen. Es sind keine greifbaren Erinnerungen, sondern stille, unaufhaltsame Veränderungen. Wir tragen sie in uns, auch wenn sie sich nicht benennen lassen. Aber manchmal – in Momenten der Rückschau, in stillen Nächten – wissen wir plötzlich, dass diese Spuren uns weitertragen. Sie sind der wahre Schatz des Loslassens.

# WÜSTENSCHATTEN

*„Jeder wach gewordene und wirklich zum*
*Bewusstsein gekommene Mensch geht ja*
*einmal, oder mehrmals, diesen schmalen*
*Weg durch die Wüste."*

*Hermann Hesse*

Ich bin zurück in der Steinwüste. Ich komme immer wieder an Orte, an denen das Leben ein täglicher Kampf ist. Als ob genau dort das Wesentliche sichtbar wird. Immer wieder bin ich berührt von Menschen, die scheinbar nichts haben – und doch so viel geben. Du brauchst keinen Titel, um weise zu sein. Wahre Weisheit kommt nicht mit Ämtern oder Reichtum, sie lebt in jenen, die zuhören. Die schweigen können.

Moussa reicht mir einen kleinen, starken, süßen Kaffee. Ich setze mich ans Feuer, reibe mir die Arme gegen die Kälte, die sich in der Nacht festgesetzt hat. Es ist Sonnenaufgang, das Licht zieht langsam über die Berge. Moussa schweigt lange. Dann sagt er:

„Als ich bei meiner Familie im Osten Jordaniens lebte, trank ich jeden Morgen frische Kamelmilch. Sie machte mich stark und gesund. Es war eine andere Zeit. Wir lebten in Freiheit. Wir waren stolz auf unsere Kultur. Dann kamen die Probleme. Ich musste umziehen. Die Besatzer damals interessierten sich nicht für uns. Aber heute..." Er macht eine Geste Richtung Horizont und trinkt einen weiteren Schluck Kaffee. Ich warte, sage nichts.

„Ich fahre Taxi. Ich muss meine Eltern unterstützen. Wenn ich Glück habe, hält mich kein ägyptischer Polizist an. Wenn doch, muss ich zahlen. Einfach so. Schutzgeld, nennt man das wohl. Wie soll ich mich wehren? Du hast es gesehen." Seine Augen sind braun und wach, sein Gesicht glänzt kupferfarben in der Morgensonne. Er fährt fort: „Jeden Tag werden Beduinen festgenommen, ohne Grund. Man bringt sie nach Kairo. Ins Gefängnis. Ich habe kaum je einen von ihnen wiedergesehen. Oder sie nehmen uns unser Land."

„Wer?", frage ich.

„Die Ägypter. Für sie sind wir Abschaum. Sie behandeln uns wie Menschen zweiter Klasse." Wieder Stille. Moussa beugt sich nach vorn und bläst in die Glut.

„Ich arbeite Tag und Nacht. Wenn die Touristen um zwei Uhr morgens fahren wollen – ich fahre. Schlaf? Selten. Und das Essen hier..." Er verzieht das Gesicht. „Es bekommt mir nicht." Ich trinke manchmal Opiumtee. Gegen die Sorgen. Gegen die Angst." Dann schaut er in die Ferne. „Ich könnte ein Restaurant eröffnen. Du siehst ja, wie gut der Tourismus läuft. Aber uns Beduinen ist das verboten. Ohne ägyptischen Partner – keine Chance." Er streicht sich über seinen weißen Kaftan.

„Warum hältst du dann dein Kamel?", frage ich.

„Ich bin Beduine", sagt er. Als sei das Antwort genug.

Was bedeutet es, Beduine zu sein?

Beduinen sind Nomaden, die mit ihren Ziegen, Schafen und Dromedaren durch die Wüsten Arabiens ziehen: durch die Arabische Halbinsel, die Sahara, die Negev-Wüste und den Süden Syriens. Das Nomadentum wurde und wird durch Staaten eingeschränkt, verboten oder zerstört. Land wird verstaatlicht, Siedlungen entstehen.

Am Nachmittag fahren wir zu Moussas Familie. Sie leben in der Wüste – so wie seit Generationen. Seine Großmutter ist noch am Leben. Die Frauen holen Wasser aus einem Brunnen, hüten Ziegen, sammeln Kräuter im sandigen Boden. Alles folgt einem Rhythmus, der älter ist als die Straßen der Stadt.

Nachts liege ich auf einem Teppich unter dem Zelt. Die Kälte kriecht durch den Wollpullover, ich ziehe die Decke bis über die Ohren. Eine

Ziege meckert leise. Der Halbmond wirft silbriges Licht auf das Zeltgewebe, und durch eine kleine Öffnung sehe ich die Sterne.

Ich denke an meine Kinderfrage: Wer lebt unter meinen Füßen, wenn die Welt rund ist?

Meine Mutter hatte damals geantwortet: „Vielleicht Papa Neuguinea." Und ich hatte beschlossen: Eines Tages werde ich dorthin reisen.

Lächelnd denke ich an ihre Antwort. An die Leichtigkeit, mit der sie mir die Welt erklärt hat.

Auf die Frage: „Wie kann ich gerettet werden?" antwortete Abbas Pambo: „Wenn du ein Herz hast, kannst du gerettet werden."

Die letzten Tage verbringen Ilvy und ich in Tarabeen. Wir sitzen mit Moussa am Feuer, trinken Tee, schweigen. Er erzählt. Ein saudischer Scheich lädt uns ein, mit ihm auf die Arabische Halbinsel zu reisen. Wir lehnen ab. Jeden Tag bringt er uns Essen und Tee. Nicht, weil er muss.

In meinem Tagebuch notiere ich:

„Jeden Tag treffen wir neue Beduinen. In Tarabeen. Im Sababa. Im Camp Mabrouka bei Abu Salim. In Mahash. Die Tage vergehen mit Gesprächen. Mit Tee. Mit Essen. Dahab ist anders. Die Kissen im Sand. Die Teppiche. Der Duft von Sahlab. Das Backgammonspiel. Die Katzen. Die Kamele.

Ich glaube, das Leben hier hat einen Rhythmus."

# UNGEPLANTE WENDUNG

*„Wir müssen bereit sein, uns von dem Leben*
*zu lösen, das wir geplant haben, damit wir*
*das Leben finden, das auf uns wartet."*

Oscar Wilde

Ich habe jemanden getroffen, der mein Leben für immer verändern wird. Eigentlich nicht er selbst. Im Moment fühlt es sich an wie ein naiver Tanz, den wir gemeinsam tanzen – als wäre das Leben eine endlose Kette von Augenblicken, bereit, von uns in vollen Zügen ausgekostet zu werden. Wir leben im Jetzt, versprechen uns Liebe und träumen von einer Zukunft, die so weit entfernt scheint von jeglicher Realität, dass sie wirkt wie ein leeres Blatt in der Hand eines Künstlers – voller Möglichkeiten, aber noch vollkommen unberührt. Und vielleicht ist es gar nicht naiv. Vielleicht ist es genau diese Unbekümmertheit, die uns so nahebringt – er, der Künstler, illegal im Land, abhängig von Tagelöhnen, und ich, die zwischen Jobs wechselt, um Geld für die Weiterreise zu sparen. Doch in diesem Moment sind wir einfach nur wir – zwei Seelen, die sich finden, ohne nach dem Sinn zu fragen. Denn aus jeder Begegnung wächst etwas: Erinnerung, Erfahrung, manchmal eine neue Richtung, die das Leben nimmt.

Jetzt sitze ich auf der engen, stickigen Toilette des Kiosks. Der Raum ist schwül, die Luft schwer, der Schweiß läuft mir über den Rücken. Für einen Moment ist die Hitze kaum auszuhalten. Kein Fenster, nur dieses flackernde, matte Licht. Von draußen dringen Stimmen herein –

undeutlich, verschwommen, als würde das Leben weiterziehen, ohne sich um das zu kümmern, was sich hier, in dieser abgetrennten Welt, abspielt.

Ich hatte nicht vor, diesen Test zu machen. Zwei Wochen zuvor hatte ich Blutungen – unregelmäßig, ja, aber genug, um mich in Sicherheit zu wiegen. Und doch, irgendwo tief in mir, an jenem Ort, von dem so oft diese leisen, intuitiven Botschaften kommen, regt sich ein Drängen, dem ich nicht entkomme. So stehe ich plötzlich in der Apotheke, ohne zu wissen, warum. Der Test in meiner Hand – ein kleiner, unscheinbarer Plastikstreifen – könnte alles verändern. Die Stille auf der Toilette wird beklemmend, als sich der rote Strich langsam abzeichnet... Ein einziger Strich – und doch scheint die Zeit stillzustehen. Mein Herz hämmert gegen meinen Hals, als wolle es aus mir herausbrechen – und ich weiß, in diesem Moment: Alles, was war, ist nicht mehr. Dieser kleine Gegenstand in meiner Hand – so schlicht, so leicht – trägt ein ganzes Universum in sich. Eine Wahrheit, die mein Verstand noch nicht begreift. Vielleicht aber ist er ein Schlüssel. Der Schlüssel zu einem neuen Leben, das sich gerade vor mir entfaltet.

Wie so oft in Momenten des Schocks stellt sich nach wenigen Sekunden eine seltsame Ruhe ein. Diese tiefe, fast unheimliche Gelassenheit, die mich in Krisenzeiten schützt, breitet sich aus. Mein Verstand schaltet um, beginnt zu ordnen, zu analysieren. Ich atme tief ein, werde klarer. Ich zerlege die Situation in einzelne Schritte, rational, methodisch – als hätte mein Körper ein eigenes System entwickelt, um mich hindurchzuführen. Und doch weiß ich, dass es diesmal mehr ist. Es ist ein Wendepunkt. Ein Moment, der alles verändern kann. Der Verstand übernimmt, um das Chaos zu bändigen, doch in mir tobt ein Sturm, der alles in Frage stellt.

„Wie, was, wo – und überhaupt?" Diese Fragen hämmern in meinem Kopf, laut und unaufhörlich. Auch später, als ich es meinem Partner sage, bleibt das Fragezeichen in der Luft hängen, schwer und unbeweglich. Ich spüre sofort, dass er die Tiefe dieser Situation nicht erfasst – oder vielleicht auch nicht erfassen kann. Denn in diesem Moment trägt die Frau die Last allein – zumindest am Anfang. Sie ist es, die sich mit Ängsten und Fragen auseinandersetzen muss, die das Leben plötzlich stellt. Erst wenn der gute Wille des Mannes einsetzt, kann sich diese Verantwortung theoretisch teilen. Doch auch dann bleibt offen, wie viel er davon wirklich trägt. Wie viel sich für sie verändert. Sie ist in diesem Moment das Opfer eines Systems, das darüber entscheidet, wie ihr Leben weitergeht.

Die Versprechungen – „Ich bin für dich da", „Wir schaffen das", „Ich unterstütze dich", „Ich freue mich" – klingen plötzlich hohl, bedeutungslos. Zu flach, um die Angst zu beruhigen, zu dünn, um das Gewicht dieser neuen Realität zu tragen. Seine Leichtigkeit, sonst so befreiend, fühlt sich jetzt deplatziert an.

Ich bin jung. Zu jung. Was wird aus meinen Reisen, meinem Streben nach Freiheit? Muss ich zurück ins Grau, nur um meine Finanzen zu regeln – und die neue Verantwortung zu schultern, die nicht nur mich betrifft? Wie soll ich das allein schaffen? Wie soll ich weiter mit meinen Freunden ausgehen, ihre Ausflüge teilen, ihre Wochenenden – während mein Leben plötzlich eine ganz andere Richtung nimmt? Eine Richtung, die keiner von uns geplant hatte?

Zum Glück ist Ilvy da. Diese treue Seele, die zuhört, mich mit ihrer ruhigen Präsenz umhüllt, mich hält, wenn die Welt zu laut wird. Doch dann trifft mich ein neuer Gedanke wie ein Schlag: Ich muss es meiner Familie sagen. Der Gedanke zieht mir den Boden unter den Füßen weg, mein Magen krampft sich zusammen. Was soll ich sagen? Wie werden sie reagieren? Und meine Freunde – was, wenn sie sich langweilen mit meinem neuen Leben, das sie nicht mehr verstehen? Und was werden die anderen sagen? Sicher halten sie mich für unfähig – ich, die Rebellin, die Freiheitsliebende, die nie dem geraden Pfad folgte.

Tagelang zerbreche ich mir den Kopf, wie es weitergehen soll. Mein Flug nach Afrika ist gebucht – dieser Kontinent, der mich seit meiner Kindheit ruft, der mich nicht mehr loslässt. Doch nun, inmitten des Sturms, frage ich mich: Kann ich wirklich gehen? Malariatabletten, Impfungen – all das, was ich brauche, um sicher zu reisen, ist jetzt tabu. Es ist, als hätte sich ein unsichtbares Band um meine Pläne gelegt. Die Freiheit, die ich suchte, wird plötzlich zur Grenze. Was eben noch selbstverständlich schien, wird jetzt zum Hindernis.

Obwohl mein Partner das Thema Abtreibung anspricht, schiebe ich den Gedanken beiseite. Ich war immer überzeugt: Wer handelt, übernimmt Verantwortung. Dieses Prinzip ist unerschütterlich für mich. Ich will es nicht loslassen.

Ich denke an eine Freundin, die in der Psychiatrie ist, weil sie den Schmerz ihrer Entscheidung nicht mehr aushält. Sie erwacht jede Nacht schweißgebadet, überzeugt, das Kind rufe nach ihr – immer wieder, in ihren Träumen.

Und dann sehe ich eine andere Freundin vor mir – für sie war Abtreibung eine „Antipille", sie hat den Eingriff so oft hinter sich, dass ich die Zahl vergessen habe. Ich sehe ihren Blick, leer, während sie auf meinem Balkon sitzt. Ein Blick, der alles sagt – und nichts erklärt. Ich weiß, dass ich nicht abtreiben kann. Es geht nicht nur um den Akt, sondern um das, was das Leben uns zeigt – wenn wir hinhören.

Jede Wendung, jede Richtung hat einen Grund, auch wenn wir ihn noch nicht erkennen können. Unser Verstand reicht nicht bis in die Tiefen unserer Seele, wo der eigentliche Sinn verborgen liegt. Ich glaube fest daran, dass dieses kleine Wesen einen Platz in meinem Leben hat. Es wollte kommen. Es hat mir etwas zu zeigen. Auch wenn ich es noch nicht begreife – allein dieser Gedanke ist Grund genug, dankbar zu sein. Zu vertrauen. Alles geschieht aus einem Grund. Und auch wenn dieser noch im Dunkeln liegt, wird sich alles zur rechten Zeit fügen.

Mit diesem Gedanken kommt Frieden. Trotz all der Ungewissheit breitet sich eine tiefe, stille Wärme in mir aus. Eine Gelassenheit, die mich umhüllt wie eine schützende Decke im Sturm. Inmitten all der Fragen, all der Zweifel, ist da dieser Lichtstrahl. Eine leise Erkenntnis, die noch keinen Namen trägt. Es ist mehr als Akzeptanz – es ist Frieden. Vielleicht ist es das Leben selbst, das mir zeigt, dass ich noch nicht alles verstehen muss. Vielleicht liegt der Sinn genau in der Veränderung.

Einige Tage später steige ich mit Ilvy in das Flugzeug, das mich zu jenem Kontinent bringt, der mich seit jeher ruft – und der mich jetzt, in diesem Moment, stärker zieht als je zuvor.

# IM EINKLANG MIT DER UNVORSEHERBARKEIT

*„Afrika verändert dich für immer, wie kein anderer Ort auf der Welt. Wenn du einmal da warst, wirst du niemals mehr derselbe Mensch sein. Aber wie soll ich diese Magie jemandem beschreiben, der sie noch niemals erlebt hat? Wie kann man den Zauber dieses gewaltigen Kontinents, dessen älteste Straßen Elefantenpfade sind, in Worte fassen? Vielleicht liegt es daran, dass Afrika der Ort unserer aller Anfänge ist, die Wiege der Menschheit, wo sich vor langer Zeit zum ersten Mal Spezies in der Savanne aufgerichtet haben?"*

*Brian Jackman*

**Afrika im Jahre 1998**

Um acht Uhr morgens landen Ilvy und ich in Johannesburg – einer der gefährlichsten Städte der Welt. Die Sonne brennt bereits gnadenlos, die Luft ist warm und flirrt über dem Asphalt. Diesmal verläuft die Passkontrolle reibungslos – ein wohltuender Kontrast zum Chaos des Vorabends. Nach zehn Stunden Flug ist dieser mühelose Ablauf eine Erleichterung, die fast seltsam erscheint. Wir gönnen uns einen frisch gepressten Fruchtsaft, bevor uns Verwandte unserer Freunde aus dem African Club abholen. Sie empfangen uns mit aufrichtiger Herzlichkeit. Die Villa, in der wir unterkommen, wirkt mit ihrem erfrischenden Pool und den weichen Betten wie eine Oase inmitten einer fremden Welt – ein stiller, luxuriöser, schimmernder Traum.

Am Abend halte ich meine ersten Eindrücke im Tagebuch fest: „Johannesburg – ein Ort der Widersprüche. Kriminalität, Drogen, verfallene Viertel und abgeschottete Luxusghettos. Rassismus – ein Schatten, der sich wie ein bleierner Schleier über die Stadt legt. Die Kluft zwischen Schwarz und Weiß – unüberbrückbar, von Misstrauen und tiefer Wut durchzogen."

Einige Tage später sind wir beinahe erleichtert, diesem Übermaß an Sicherheit und Luxus den Rücken zu kehren. An den Ampeln wird kaum angehalten – die Reichen fürchten, auch nur einen Moment auf offener Straße zu verweilen. Zwei Freunde von Ilvy werden uns durch Südafrika begleiten. Am überfüllten Flughafen von Johannesburg nehmen wir sie in Empfang – zwei junge Männer, erschöpft von der langen Reise, und doch liegt in ihren Gesichtern ein Leuchten aus Neugier und Erwartung, das selbst die Müdigkeit überstrahlt. Im bunten Durcheinander des Flughafens sind sie sofort zu erkennen. Nun fehlt nur noch der Mietwagen, um unser gemeinsames Abenteuer zu starten. Die Stunden vergehen im zähen Strom von Diskussionen und Bürokratie – einige von uns sind unter zwanzig, und die Mietwagenfirmen wahren ihre Vorschriften eisern. Doch schließlich, nach langem Ringen, steht er vor uns: unser fahrbarer Untersatz, den wir augenzwinkernd „Gangster Paradise" nennen – ein CTY 879 GP, klein, aber fein – unser temporärer Begleiter auf der Reise durch eine unbekannte Welt.

Der Verkehr in Johannesburg ist ein brodelnder Strom, der uns mit sich reißt. Zwei Stunden kämpfen wir uns durch das Gewirr der Stadt, bis wir endlich die N17 finden – unsere Route in Richtung Swasiland, dem späteren Eswatini.

In Bethal legen wir einen kurzen Halt ein – ein unscheinbarer Ort, von einfachen Farmen umgeben. Zwischen Sorghumfeldern, Mais und Kartoffeln scheint die Zeit langsamer zu fließen. Die schlichten Backsteinhäuser mit Wellblechdächern wirken wie stille Zeugen einer anderen Realität – fernab des Luxus der letzten Tage. Die Straße windet sich durch diese weite Landschaft, fremd und vertraut zugleich – als hätte sie mich schon immer begleitet. Ich schließe die Augen, lasse den Fahrtwind mein Haar zerzausen, atme die erdige Luft tief ein – und plötzlich weiß ich: Ich bin angekommen. Ganz und gar.

In Mbabane, der Hauptstadt Swasilands, begegnen wir einem Häuptling. Er steht regungslos an einer belebten Kreuzung – stolz, würdevoll, in sich gekehrt. In seiner Hand ein Speer, in seinem Blick die Stille der Zeit. Wie ein Fels inmitten der sich wandelnden Welt steht er da – ein lebendiges Relikt, unbeirrbar im Lärm der Gegenwart.

Im Nationalpark Mlilwane erreichen wir am Abend einen abgelegenen Ort. Der Park – weitläufig, still, kaum besucht – empfängt uns mit einer fast unberührten Ruhe. Als wir später weiterziehen, führt uns der Hlane Park noch tiefer in die Wildnis. Die Straßen, glutrot unter der sengenden Sonne, schlängeln sich durch die Berge. Felsen wie stumme Riesen ragen gegen den Himmel. Zwischen sumpfigen Teichen gleiten Nilpferde lautlos dahin – trügerisch ruhig, ihr Wesen jedoch wild und unberechenbar.

In Hlane schlagen wir unser Zelt auf – zu viert, umgeben von einer Stille, die alles umfasst. Sie füllt den Raum zwischen uns und schafft Platz für Gedanken, für Gefühle, die keinen Namen brauchen. Worte werden überflüssig in dieser Weite – jeder von uns zieht sich in sich zurück, und doch sind wir tief verbunden.

Am Morgen erwachen wir inmitten der Wildnis. Mit dem Wagen begegnen wir der Welt der Tiere. Löwen ruhen im Schatten, wachsam auch im Schlaf. Elefanten ziehen gemessen vorbei, stellen sich schützend vor ihre Jungen – ihre Bewegungen tragen den Rhythmus der Ewigkeit. Wenn sie ihre Rüssel heben, ist es eine Geste, als grüßten sie das Leben selbst. Alles hier atmet Ruhe und Würde – ein Takt, der uns still werden lässt.

Wir schreiben Tagebuch, lesen, beobachten. Wir lauschen dem Rascheln der Blätter, dem Klang des Windes in den Ästen. Die Erde duftet herb und warm. In dieser Abgeschiedenheit finde ich mich selbst – finde Raum, um zu spüren, was in mir wächst.

Und ich höre hinein – in mein Inneres, in diese neue, leise Liebe, die mich durchströmt. Ich spreche nicht – es ist ein stummes Zwiegespräch mit dem Wesen in mir. Worte sind überflüssig. Ein Band entsteht – zart, unsichtbar, aber unendlich stark. Es ist, als spräche mein Herz in einer Sprache, die nur wir beide verstehen.

In mein Tagebuch notiere ich stichwortartig:

„Flusspferde – riesige Augen, ein stilles Beobachten. Nachts an Land – unerwartet schnell, wild, ungestüm.

Giraffen – Schatten in Bewegung, Eleganz in Zeitlupe, lautlose Geister der Savanne.

Leoparden – anmutig, geschmeidig, auf den Ästen ruhend wie ein Gedanke zwischen Traum und Wachsein.

Mistkäfer: stoisch, geduldig, unbeirrbar. Ich sehe ihnen täglich zu. Wie sie riesige Kotkugeln vor sich herschieben, mit einer Kraft, die man ihrem kleinen Körper nie zutrauen würde. Zielstrebig, ohne Zweifel, in ihre Richtung. Nichts hält sie auf.

Zebras grasen, Vögel singen, Borstenschweine wuseln durch das Unterholz – alles lebt, alles atmet, alles tanzt in einem Rhythmus, der uralt ist. Und heilig.

Ich sitze still, atme mit, werde Teil – und spüre: Hier bin ich ganz."

Am frühen Morgen breche ich mit dem Pferd auf – die Luft ist klar, kühl, erfüllt vom Gesang der Vögel und dem Zirpen der Grillen. Der gemächliche Schritt tut mir gut – das Kind in meinem Bauch wiegt sich sanft mit. Ich darf nicht schneller reiten, und doch ist es genau dieser ruhige Takt, der mich ganz mit der Welt verbindet. Ich spüre den Herzschlag der Erde.

Wir bleiben noch einige Tage in Hlane, bevor wir weiterziehen – zurück nach Südafrika, nach Santa Lucia. Dort sehen wir schwarzen Nashörnern beim gemächlichen Umherstreifen zu – ein beeindruckendes Schauspiel. Doch die Idylle ist durchsetzt vom Trubel des Tourismus, die Preise steigen, das Gefühl schwindet. Wir ziehen weiter – nach Durban, dann nach Cintsa. 630 Kilometer über Berge, durch Täler, über Hochebenen. Die Landschaft berauscht, als wäre sie zu schön, um wahr zu sein.

In Cintsa finden wir ein herausragendes Chalet aus Holz und Stroh. 45 Rand pro Nacht. Der Balkon öffnet sich zur Bucht, zum unberührten Strand, zum offenen Ozean. Hinter uns sanfte Hügel, ringsum Natur. Affen rufen in den Bäumen, Grillen zirpen, Vögel singen auch in der Nacht. Es ist ein lebendiges Gedicht, das uns umgibt. Um Vorräte zu besorgen, paddeln wir mit einem Kanu zum nächsten Ufer. Der kleine Markt bietet Fisch, Meeresfrüchte, frisches Gemüse. Alles schmeckt intensiver, wir kochen gemeinsam – jeder Bissen ein Geschenk. Wir könnten ewig bleiben. Die Ruhe. Das Meer. Doch unser Budget ist knapp. Afrika ist unendlich – so viel liegt noch vor uns, so viel wartet darauf, entdeckt zu werden. In Plettenberg schlafen wir im Auto. Die Nacht ist lang, unbequem. Ich finde keine Position, in der mein Körper zur Ruhe kommt. Das Kind in meinem Bauch drückt, bewegt sich. Ich bin müde – und doch hellwach.

Die südafrikanische Südwestküste erinnert mich an England. Die Häuser, der salzige Wind, die weite, offene Landschaft – ein Hauch von Europa, verweht und fremd, inmitten Afrikas. Doch etwas fehlt. Die Kultur der Einheimischen liegt wie verschüttet unter der Oberfläche. Überlagert, verdrängt – oder schlicht unsichtbar. Als hätte man hier Geschichten übermalt.

In meinem Tagebuch schreibe ich an diesem Abend:

„Ich bin zwanzig. Ich reise, habe mich verloren und wiedergefunden, habe geliebt, erlebt, gefühlt. Doch es gibt noch so viel zu tun, zu lernen, zu erfahren. Ich möchte die ganze Welt sehen – und doch meine Freunde behalten. Aber sind es wirklich Freunde? Oder ist es an der Zeit, sie loszulassen? Loslassen... Meine Träume sind vielfältig: Musik, Psychologie, Ethnologie, Sprachen. Die Welt ist voller Möglichkeiten – und ich will sie alle leben. Doch da ist auch dieses Kind, das in mir wächst, und ich frage mich, ob ich stark genug bin. Stark genug, das Leben zu meistern, ihm gerecht zu werden. Kann man überhaupt stark werden? Gerade jetzt, in einem Moment, da ich dachte, mein Gleichgewicht gefunden zu haben, frage ich mich plötzlich: Werde ich stark genug sein für das, was mich erwartet?"

Unterwegs nach Agulhas

Wir halten an einer staubigen Straßenecke, irgendwo im Nirgendwo zwischen den Hügeln. Die Nachmittagssonne liegt flach über der Landschaft, flimmert auf rostigen Wellblechdächern und ausgebleichten Planen eines kleinen Straßenmarkts. Ilvy steigt aus, geht mit einem der Jungs Wasser kaufen. Ich bleibe zurück, trete ein paar Schritte vom Auto weg, strecke die Beine. Da sehe ich ihn.

Ein Junge lehnt an einer Hauswand. Kaum älter als zehn, barfuß, ein übergroßes T-Shirt hängt ihm bis zu den Knien. Er isst ein Eis – langsam, als hätte er alle Zeit der Welt. Und während um mich herum Stimmen murmeln, trifft sein Blick den meinen. Nicht neugierig, nicht scheu. Offen. Ruhig. Als wüsste er. Als wüsste er, dass ich schwanger bin. Dass in mir etwas beginnt, das alles verändern wird. Ich halte seinem Blick stand, nicke kaum merklich. Ein stummes Einverständnis. Da lächelt er, hebt das Eis leicht, als wollte er mir zuprosten. Und sieht weg.

Zwei Minuten später sitzen wir wieder im Auto. Hinter uns tanzt der Staub in der Luft, das Bild löst sich im Rückspiegel auf – und bleibt doch in mir. Vielleicht war es nichts. Vielleicht war es alles. Es sind diese flüchtigen Zeichen, die uns berühren, die das Leben leise aus dem Gewöhnlichen heben und es für einen Moment einzigartig machen. Wir müssen wachsam bleiben, damit uns diese Augenblicke nicht entgleiten – nicht ungesehen, nicht ungefühlt.

Am Nachmittag erreichen wir den südlichsten Punkt Afrikas. Der Wind peitscht uns ins Gesicht, und der Himmel zeigt sich grau und dramatisch – als wolle auch die Natur ein Zeichen setzen. Die Scones mit Tee, die wir dort genießen, sind schlichtweg britisch. Ich setze mich an den steinigen Strand, der Wind zerzaust mein Haar, salzige Luft füllt meine Lungen. Es ist der perfekte Moment, um Briefe zu schreiben. Ein letzter Brief an einen Menschen, der mir einst sehr nahe war.

Doch der Moment des Loslassens ist gekommen. Und ich weiß: Diese Worte markieren ein Ende. Ich schreibe ihm, weil ich es muss – nicht aus Sehnsucht, sondern weil etwas in mir weiß, dass es gesagt werden muss. Ich schreibe von der Reise, von der Veränderung in mir, von dem Kind, das in mir wächst und mein Leben für immer prägen wird. Dieser Brief wird der letzte sein. Er wird nie wieder der Freund sein, der er einmal war. Was bleibt, ist das, was wir voneinander gelernt haben. Und das – das ist mehr als genug. Für mich.

Ich frage mich, was er denken wird, wenn er diesen Brief liest. Wird er verstehen, dass in mir ein Leben heranwächst, das nun zu mir gehört – ein Teil von mir, für immer? Nein. Er wird es nicht nachvollziehen wollen.

Loslassen.

Ich denke an einen anderen Menschen – einst meine beste Freundin. Sie hatte einen ganz besonderen Platz in meinem Leben. Doch irgendwann verlor sie sich selbst. Und ließ mich los.

Es war ihr Wunsch, nicht meiner. Der Schmerz dieses Verlusts nagte lange an mir. Heute ist er fast verblasst. Auch ihr schreibe ich ein paar Zeilen – von meinem Leben, der Reise, die ich unternommen habe. Doch für sie scheint es keine Bedeutung mehr zu haben. Sie kann mich nicht mehr sehen, nicht mehr hören. Vielleicht wird sie mich eines Tages wieder als Freundin annehmen – doch tief in mir weiß ich: Es wird nie mehr so sein.

Es sind die ersten Zeilen, die ich schreibe, nachdem ich meinen Eltern ein Fax geschickt habe.

Ein Fax, das mein Leben in eine neue Richtung lenkt, das eine Veränderung markiert, die tief in mein Innerstes reicht. In dieser weiten, offenen Landschaft fühlt sich jeder Schritt wie ein Symbol meiner Befreiung an. Die Natur schenkt mir Freiheit, doch die Gesellschaft spannt ihre Fäden, hält mich fest. Normen, Rollen, Erwartungen – als Frau, als Mutter, als Teil der Welt. Und inmitten dieser Weite spüre ich sie deutlicher denn je. Bin ich es selbst, die sich diese Erwartungen auferlegt?

Vielleicht.

Ich stehe auf, werfe einen letzten Blick auf den Punkt, wo der Indische Ozean auf den Atlantik trifft, und gehe langsam zurück zum Leuchtturm. Ein Abschied von einem Kapitel meines Lebens. Ein endgültiges Loslassen, um Raum für das Neue zu schaffen.

Ein neues Kapitel beginnt. Es führt mich weg von allem, was einst sicher schien.

Ein Schritt ins Unbekannte, in die Ungewissheit. Doch diese Ungewissheit, die viele mit Angst verbinden, weckt in mir etwas anderes: eine brennende Vorfreude, eine ungestüme Spannung, die mich antreibt. Ich verlasse das Vertraute, um herauszufinden, wer ich auf einem anderen Weg, einem neuen Weg, sein kann. Vertraute Strukturen zerbrechen. Und mit jedem Schritt erkenne ich: Ich löse mich von den Fesseln der Routine, den Erwartungen anderer.

Der Weg vor mir ist nicht gerade. Er ist kurvig. Voller Überraschungen. Vielleicht werde ich stolpern, mich verlieren. Aber die Ungewissheit schreckt mich nicht. Sie ist mein Antrieb. Meine Kraft. Ich bereue nichts. Es wäre leicht, im Rückblick nach Fehlern zu suchen. Doch was wäre, wenn ich das täte? Würde dies nicht ein Weiterkommen verhindern?

In Kapstadt lassen wir uns Zöpfe flechten. Die kongolesischen Friseurinnen – wir fühlen uns ihnen sofort verbunden. Spontan beschließen wir, mit ihnen essen zu gehen. Eine kleine, ungeplante Begegnung – und doch: Sie bereichert unser Leben. Obwohl nur noch 20 Rand in meinem Portemonnaie sind, kaufe ich eine Karte. Morgen werde ich sie in den Briefkasten werfen. Die Worte darauf gelten meinem besten Freund. Er ist immer bei mir – in Gedanken, im Herzen. Das tut gut. Bei ihm wird das Wort „loslassen" wohl nie auftauchen. Das hoffe ich jedenfalls...

Cape of Good Hope

Kurz fasse ich meine Eindrücke zusammen:

«Viele Paviane auf der Straße – frech und wild, einer klaut sogar eine Banane aus dem Auto vor uns. In Fish Hoek will ich – mal wieder – eine Kirche besuchen. Ilvy begleitet mich. Wir finden ein Zeltplatzangebot für 40 Rand. Der Ausblick: atemberaubend. Der Ort: Simon's Town. Wie mein bester Freund. Er kann also nur schön sein. Am späten Nachmittag sitze ich vor meinem Zelt, blicke vom Felsen in die Weite des Atlantiks und genieße die Sonne – obwohl es alles andere als warm ist. Später besuchen wir den Strand – und mit ihm die afrikanischen Pinguine. Brillenpinguine. Früher nannte man sie Eselspinguine, habe ich gelesen. Ich kann mich nicht sattsehen an ihnen, diesen putzigen Wesen. Stundenlang könnte ich sie beobachten – und über sie lachen.»

Zurück in Kapstadt

Wir treffen einen Freund von mir, der gerade in Südafrika ist. Gleichzeitig geben wir das Auto zurück, planen die Weiterreise und nehmen Abschied von Ilvys Freunden. Die Organisation ist aufwändig. In der Nacht plagt mich die Grippe, ich habe Bauchkrämpfe. Hoffentlich geht es dem Baby gut! Ein Arztbesuch wäre wohl klug – aber das verschiebe ich auf die Rückreise nach Israel. Jetzt will ich den Kontinent spüren. Mit allen Sinnen. Diesen Kontinent, von dem ich so lange geträumt habe.

Am nächsten Morgen.

Ich stehe früh auf – und beschließe spontan, auf den Tafelberg zu wandern. Ich will die Aussicht, vielleicht ein wenig Ruhe. Der Weg schlängelt sich zunächst durch die Stadt, vorbei an Vierteln, vorbei an den letzten Baracken. Dann beginnt der Pfad. Er erinnert mich an alpine Wege. Vögel kreisen, Insekten krabbeln über die bunten Blüten, der Wind lässt die Blätter tanzen. Wie still es hier ist! Der Himmel – königsblau. Ein paar weiße Wölkchen schweben wie Zuckerwatte. Es hat sich gelohnt.

Mit frischer Luft in den Lungen, mit Sonne und Ruhe in der Seele kehre ich Stunden später ins Hostel zurück, um den Rucksack zu packen.

Die Zeit in Südafrika geht zu Ende. Ich denke zurück – an Landschaften, Erlebnisse, Begegnungen.

Das Land hat mich berührt. Die Apartheid ist noch überall spürbar. Ich erinnere mich an jenen Tag mit unseren kongolesischen Bekanntschaften – als wir an der Ampel warteten. Die Weißen neben uns tuschelten. Blickten uns an. Besorgt. Verächtlich. In ihren Augen stand: Wie könnt ihr nur mit so einem Abschaum herumlaufen? Es war ein Schock. Wie lange soll das noch so weitergehen? Zur Diskriminierung der Farbigen kommt die Rivalität der postkolonialen Engländer und Holländer, die selten gut voneinander sprechen. Ein umstrittenes Land, denke ich – stelle meinen Rucksack auf den schmutzigen Boden im Stauraum des Busses, werfe einen letzten Blick auf all die Menschen am Busbahnhof und steige hinter Ilvy in den Bus, der uns zur Grenze bringt.

# DAS REISEN IN EINEM NEUEN RHYTHMUS

*„Ich kann mich an keinen Morgen in Afrika
erinnern, an dem ich aufgewacht bin und
nicht glücklich war."*

*Ernest Hemingway*

Die Reise dauert etwa fünfundzwanzig Stunden. Unterwegs stillen wir unseren Hunger immer wieder mit Vetkoek – goldbraun frittierten, kugelrunden Teigbällchen, die an fette Sonne erinnern. Unser Bus ist ein großer Reisebus, für afrikanische Verhältnisse überraschend modern, fast luxuriös. Namibia – wir wären gerne länger geblieben. Doch die Preise treiben uns weiter. Es ist zu teuer hier, zu europäisch. Windhoek, eine deutsche Stadt mitten in Afrika. Wie seltsam es ist, plötzlich wieder auf Deutsch angesprochen zu werden. Die Deutschen – fester Bestandteil des Stadtbildes, als wäre die Kolonialzeit nie ganz vergangen. Und die Menschen: aufdringlicher als in Südafrika. Die angebotenen Touren in die Steppe kosten ein kleines Vermögen, deutlich mehr als in Swasiland. Für uns, mit kleinem Rucksackbudget unterwegs, ist das nicht machbar.

Wir bleiben dennoch einige Tage in Windhoek, lassen die postkoloniale Architektur, die staubigen Straßen, das harte Licht der Sonne auf uns wirken. Es ist heiß. Die Sonne brennt auf unsere Zöpfe, und mein Körper kämpft gegen die Hitze. Wir wohnen im Chamäleon Hostel, ein Ort, der seinem Namen alle Ehre macht – ein ständiges

Anpassen an neue Umstände. Wir planen unsere Weiterreise, organisieren, packen um. In einem improvisierten Laden, eher ein Schuppen als ein Geschäft, kaufen wir Moskitonetze, Mückenspray. Ilvy geht in eine Apotheke, um Malariatabletten zu besorgen – für mich selbst wegen der Schwangerschaft tabu. Der Einkauf darf weder zu schwer noch zu teuer sein – alles muss am Ende in den Rucksack passen, den wir auf unserem Rücken durch die Welt schleppen. Ich bin erleichtert, als wir schließlich weiterziehen. Nach tagelanger Suche entscheiden wir uns für die billigste Variante: einen Minibus. Dass sich diese Wahl als kleines Abenteuer entpuppen wird, können wir da noch nicht ahnen.

Morgens um sechs fahren wir mit einem klapprigen Kleinbus zum Busbahnhof, der am Rande der Stadt liegt – ein Ort, den ausschließlich dunkelhäutige Namibier nutzen. Wir sind die einzigen Weißen weit und breit. Noch immer trennt hier die Hautfarbe den Zugang zu Orten, zu Preisen, zu Möglichkeiten.

Der Busbahnhof ist ein einziges lebendiges Durcheinander. Frauen in farbenfrohen Tüchern tragen ihre schweren Körbe stolz und scheinbar mühelos auf dem Kopf. Männer wetteifern darum, Reisende für ihren Bus zu gewinnen. Kinder spielen zwischen Hühnern, Ziegen, Zwiebelbündeln. Taschendiebe nutzen das Gedränge, während die Sonne langsam ihren Weg über den Horizont nimmt. Noch steht sie tief, und doch rinnt uns schon jetzt der Schweiß den Rücken hinab. Wir quetschen uns auf die schmutzigen Sitze im hinteren Teil des Busses, die Rucksäcke auf dem Schoß.

Der Fahrer hat beschlossen, noch ein paar Passagiere mitzunehmen – wie immer. Je mehr Körper, desto mehr Gewinn. Für die Strecke von Windhoek nach Katima Mulilo zahlen wir 140 SN – günstiger kommt man nicht über die Grenze. Kurz hinter der Stadt die erste Panne. Die Straße ist noch geteert, aber das ändert sich bald. Alle Passagiere, alle Tiere, jedes Gepäckstück wird ausgeladen. Ich sitze am Straßenrand, mein Taschenmesser in der Hand, schneide eine Salatgurke entzwei. Der Saft auf meiner Zunge ist eine kleine Erfrischung inmitten der aufkeimenden Erschöpfung.

Nach der Reparatur wird alles wieder eingeladen. Die Fahrt geht weiter. Im Süden Namibias, von Kapstadt kommend, dominiert die

Landschaft aus Hochebenen, Steppen, bizarren Granithügeln. Der Norden jedoch – er ist wilder, einsamer. Eine andere Welt. Rechts zieht die Waterberg-Region vorbei, Schauplatz einer grausamen Geschichte: die Schlacht zwischen deutschen Kolonialtruppen und den Einheimischen. Tausende Menschen flohen in die Wüste, verdursteten auf dem Weg nach Botswana. Noch heute kann man die Gräber der gefallenen Deutschen besuchen – für die Einheimischen aber gibt es kein Denkmal. Kein Gedenken. Kein öffentliches Trauern.

Dann die nächste Panne. Wieder alles raus, wieder warten. Männer liegen unter dem Bus. Frauen kommen aus einem nahegelegenen Dorf – in zerlumpten Kleidern, Kinder auf dem Rücken, die Köpfe der Babys wiegen sich im Rhythmus ihrer Schritte. In Plastiktüten verkaufen sie Mahangu – eine Paste aus Hirse, gefüllt mit Spinat und Fleisch. Paprika, Zwiebeln. Ich gönne mir eine Portion. Esse mit staubigen, schmutzigen Händen. Das Leben in meinem Bauch meldet sich, voller Lust und Freude.

Nach der vierten Panne höre ich auf, mitzuzählen. Irgendwann steigen wir in einen anderen Bus um – dann in noch einen. Alles wieder von vorn. Alles mit Geduld. Vor Katima Mulilo durchqueren wir den Caprivi-Streifen, fahren durch den Mahango-Park, später Bwabwata genannt. Die Landschaft wechselt. Flaches Sumpfland, durchzogen von Omurambas – Trockenflüssen, die in Regenzeiten zu Tümpeln anschwellen. Das Flussbett: lehmig, träge, alt. Niya, meine Sitznachbarin, hat sich inzwischen halb auf meinen Schoß gesetzt – der Platz reicht kaum, besonders nicht mit dem Rucksack auf den Beinen. Sie ist rundlich, fröhlich, erzählt mit glucksendem Lachen von ihrer Heimat, vom Regen, vom Mahangu. Ihre lebendigen Erzählungen bringen mich immer wieder zum Schmunzeln, während draußen die rote Erde vorbeizieht und das neue Land näher rückt. Noch ahne ich nicht, dass dieser Übergang – diese wacklige Fahrt durch Pannen, flirrende Hitze und improvisierte Mahlzeiten – nur der leise Auftakt ist zu einer Reise, die noch wilder, abenteuerlicher, überraschender werden wird.

Irgendwann finde ich trotz der unbequemen Lage in einen unruhigen Schlaf. Doch jedes Mal, wenn der Bus durch ein Schlagloch rumpelt und die Fahrgäste in die Luft geschleudert werden, schlinge ich instinktiv die Arme um meinen Bauch – um mein Kind zu schützen. Von erholsamer Nachtruhe kann keine Rede sein. Der stickige Atem von zu vielen Menschen auf zu engem Raum, die schwitzende Nähe, die Ausdünstungen – Komfort ist in diesem Bus ein Fremdwort. Am nächsten Morgen führt die Straße, wenn man sie so nennen will, mitten durch den Busch. Die Schlaglöcher sind inzwischen so tief, dass wir bei jedem Hüpfer das Dach des Busses streifen. Steine prallen gegen die staubverkrusteten Scheiben. Hier draußen scheint es kaum noch Siedlungen zu geben. Ein paar verstreute Lehmhäuser, eine heruntergekommene Schule – dann endlich, gegen neun Uhr, Katima Mulilo: die Grenzstadt.

Grenzen

Von Menschenhand gezogene Linien. Unsichtbar auf der Erde, sichtbar nur auf Karten – und doch zwingen sie ganze Völker in bestimmte Zonen, trennen Familien, vereinen Feinde, erschaffen Zugehörigkeit oder Ausgrenzung. Sie sind Einlass und Ausschluss zugleich. Wer sie überschreitet, tut es oft mit Hoffnung – oder mit Angst. Manch Reisender fragt sich: Was liegt hinter dieser Grenze? Welche Erfahrungen erwarten mich dort, welche Geschichten werden neu geschrieben? Und während sie in provisorischen Wechselstuben ihre Währungen tauschen, wenden sie neugierig die fremden, knittrigen Scheine in den Händen. Viele zeigen Präsidenten – die meisten korrupt. Andere Tiere, Rohstoffe, nationale Symbole. Oft bunt, oft abgegriffen. Geld, das durch unzählige Hände gewandert ist, von denen jede eine Geschichte trägt.

Grenzen – die über Leben und Tod entscheiden. Wer sie überschreiten darf, kann sein Leben retten. Wer an ihnen scheitert, verliert es manchmal. Menschen träumen jahrelang davon, sie zu überqueren, leihen sich von allen Seiten Geld, nur um dann doch zu stranden – oder es eben zu schaffen. Und dann? Sie finden sich wieder in heruntergekommenen Unterkünften – ausgebeutet, verhöhnt, unter falschen Versprechen ins Paradies gelockt, das keines ist.

Oder sie erreichen das „Paradies" – und putzen nachts schmutzige Bahnhofstoiletten zwischen Junkies, während ihr Studienabschluss, der ihnen einst in der Heimat Respekt verschaffte, im Westen nur ein müdes Lächeln erntet. Grenzen – die Menschen zu Nummern machen in Lagern, die ohne Gesetz sind. In denen Gewalt, sexuelle Übergriffe, Angst und Ohnmacht regieren. In denen Menschen ausharren, ohne Zeitgefühl, in der Hoffnung auf ein Danach. Und daneben: junge Touristen, laut, lachend, grenzenlos. Ihre Abenteuerlust steht im grellen Kontrast zur Verzweiflung jener, die einfach nur überleben wollen. Sie überqueren Grenzen wie Etappen auf einem Spielplan. Bezahlen für Wildtiersafaris, für Sonnenuntergänge auf kolonialen Balkonen. Oft meinen sie es nicht böse. Aber nicht böse meinen ist kein Maßstab für Gerechtigkeit. Ich weiß das. Ich bin ja auch so eine. Oder eher – eine Reisende.

*„Reisen bedeutet, Grenzen zu überschreiten.*
*Auch die eigenen.“*

Wanda Rezat

Grenzen sind auch Durchgänge für jene, die kommen, um zu nehmen: Ölkonzerne, Minenfirmen, Investoren. Texaco, Shell, kanadische Goldunternehmen. Sie plünderten Böden, vergifteten Flüsse, brachten Krebs und Elend – und fliegen nun, Jahre später, als Touristen zurück in die Länder, deren Kinder noch immer an den Folgen ihrer Gier sterben. Keine Entschuldigung. Kein Rückblick. Nur neue Firmen, neue Gier – inzwischen in chinesischer Sprache. Die Geschichte kennt viele dieser Linien. Sie wurden gezogen, um Kolonialreiche zu bauen. Inseln im Pazifik, der Karibik, dem Atlantik – bis heute Eigentum europäischer Staaten. Spielwiesen für Reiche. Orte, an denen Bombentests durchgeführt wurden, die man im eigenen Land nie gewagt hätte. Ehemalige Kolonialreiche – der Kolonialismus in Stein gegossen: in Reiterstatuen, in Denkmälern für Männer, die Kinderhände abhacken ließen – als Zeichen ihrer Macht. Keine Entschuldigung. Keine Reue. Nur weitergezogene Grenzen. Und ein nie endendes Wachstum der Macht.

Jetzt stehen wir also selbst an einer dieser Linien. Haben es geschafft – Visum in der Tasche, zerknitterte neue Währung in der Hand. Die Grenze ist überquert. Und was nun? Kein Minibus, kein Taxi in Sicht. Nur der Dunst über dem See, durch den ein alter Dampfer träge gleitet. Ein kleiner Junge am Hafen, barfuß, mit stiller Selbstverständlichkeit, führt uns wortlos zu einem Boot – es bringt uns kostenlos ans andere Ufer. Natürlich überfüllt. Natürlich. Doch niemand klagt. Der See schweigt, und wir gleiten mit ihm.

Von dort steigen wir in einen offenen Wagen, der uns über vier Stunden Richtung Livingstone bringt. Der Caprivi-Streifen, einst durch Bürgerkrieg erschüttert, liegt nun hinter uns. Die Landschaft verändert sich. Wir spüren es im Licht. In der Luft. Es ist Regenzeit – die heißeste des Jahres. Die Straße, wenn man sie so nennen darf, hat ihren Namen längst verloren. Sie ist ein Feld aus Kratern. Der Unterschied zwischen Asphalt und Erdloch ist nicht mehr auszumachen. Unsere Fahrt gleicht einem Tanz aus Ausweichen und Ertragen, wie bereits zuvor erlebt. Was uns in den nächsten Dörfern erwartet? Keine Ahnung. Immer wieder Kinderaugen, die uns mit Neugier durchbohren. Viele von ihnen sehen selten weiße Menschen. Die Straße bleibt ein Holperweg, durchzogen von Staub, der sich wie ein Schleier auf unsere Haut legt, in den Zähnen knirscht, in die Poren kriecht.

Der Minibus ist eine Sauna. Ilvy und ich sind schweißgetränkt. Schwarze Rinnsale aus Staub und Salz zeichnen unsere Gesichter. Die Kleidung klebt wie zweite Haut. Pannen gehören dazu. Doch diesmal haben wir Glück. Ein riesiger Lkw nimmt uns mit. Hoch oben, auf Tonnen, Toilettenschüsseln und durchnässtem Gepäck, öffnet sich uns eine neue Perspektive. Dörfer, unberührte Landschaften, Rinderherden, die gemächlich den Weg blockieren. Dann beginnt er, fast magisch: der afrikanische Regen. Warm, rauschend, sanft. Er durchdringt unsere Kleidung, unsere Haut, vielleicht sogar etwas Tieferes.

Je näher wir Livingstone kommen, desto grüner wird die Landschaft. Der feine, ewige Sprühregen der Viktoriafälle hat hier ein leuchtendes Meer aus Dschungel geschaffen. Die Vegetation wirkt wie ein atmendes Wesen – feucht, lebendig, uralt. Wir erreichen erschöpft den verwahrlosten Busbahnhof. Die Müdigkeit in unseren Knochen lässt keinen Raum für Ideale – das nächstbeste Zimmer im „Red Cross Hostel", für nur 4000 Kwacha, wird unser Zufluchtsort. Zu müde, um das beliebte „Jolly Boys" zu suchen, über das wir im Reiseführer gelesen haben. Zu hungrig, um zu warten. Ein Stück Hühnchen und ein bisschen Salat retten uns, irgendwo am Straßenrand.

Am Morgen, als das Licht sich langsam über den Horizont tastet, entdecken wir direkt neben dem Roten Kreuz das „Jolly Boys" – welch ein Zufall! Nach dem Umzug verspüre ich ein starkes Bedürfnis, in den Supermarkt zu gehen. Ilvy, wie immer an meiner Seite, begleitet mich. Doch statt Regalen voller Waren empfängt uns ein aufgewühltes Chaos. Vor dem Laden tobt ein Streit. Es wird geschrien, es werden Steine geworfen. Wir schleichen uns an ihnen vorbei, in der Hoffnung, dem Sturm zu entkommen. Doch hinter der Ladentür trifft uns die nächste Welle der Realität mit brutaler Härte: Vier Polizisten zerren einen etwa 13-jährigen Jungen hinein, werfen ihn zu Boden. Ohne Erbarmen prügeln sie mit Stöcken auf ihn ein, treten ihn mit schweren Stiefeln. Vielleicht hat er ein Brot gestohlen. Vielleicht auch nicht. Eine Welt, die ihn dafür bricht. Das Bild des Jungen verlässt uns nicht.

Im „Jolly Boys" beginnt ein neuer Abschnitt. Wir begegnen Menschen, die uns tief berühren. Da ist Henry, 70 Jahre alt, ein Mann mit silberweißem Bart und der Weisheit eines gelebten Jahrhunderts. „Mit vierzig wurde ich Hippie", sagt er mit einem Augenzwinkern. Seitdem hat er die Welt umarmt – mit offenen Augen, einem offenen Herzen. Er ist Vater von Tim, 30, der mit Multipler Sklerose lebt. Tim, der stille Held. Seine Krankheit hat ihn nicht aufgehalten – sie hat ihn verwandelt. In jemanden, der aus der Tiefe lebt. Seine Bewegungen sind langsamer, bedachter – aber wenn er spricht, hallt eine Ruhe in seinen Worten, die wie ein Gegenmittel zur Welt wirkt. Charly, Henrys zweiter Sohn, ist fünfzehn und barfuß wie ein kleiner Waldgeist. Er wuchs im Rhythmus des Reisens auf, mit Wind im Haar und Erde unter den Nägeln. Er spricht mit Tieren, als wären sie seine Geschwister. In seiner Nähe lernen wir zu staunen. Und dann ist da Jimmy. Der alte Freund. Mit einem verwitterten Wohnwagen, der aussieht, als sei er mit Henry gemeinsam gealtert, sind sie seit Jahren unterwegs. Sie lachen, trinken Tee, teilen Geschichten, als sei die Zeit ein freundlicher Begleiter.

Peter begegnet uns auf der Straße. Ein Einheimischer, ein Buschmann, ein Erzähler. Sein Gesicht hat tiefe Falten, sein Blick ist warm. Seit neun Jahren lebt er wieder draußen, im Rhythmus der Wildnis. Doch unter seiner ruhigen Stimme liegt Trauer: Sein Sohn, verloren an den Viktoriafällen. Die Wunde ist alt – aber nie verheilt. In seinen Geschichten tanzen Löwen, Regen, Geister. Ich höre zu, wie ein Kind am Feuer. In seinen Worten finde ich den wilden Herzschlag Afrikas.

Am Abend lockt uns die Musik. Wir tanzen. Die Musik fließt wie Lava durch unsere Glieder, befreiend. Die Nacht wird zu einem einzigen Moment reiner Lebendigkeit. Erst als die Sonne, riesig und blutrot, über den Horizont steigt, torkeln Ilvy, Tim und ich ins Bett. Müde. Erfüllt. Frei.

Am nächsten Tag meldet sich mein ungeborenes Kind. Ein eigenartiges Verlangen nach sauren Gurken zieht mich erneut in den Laden. Doch die Regale sind leer. Nur welkender Kohl, faulige Tomaten, saftlose Zwiebeln – von Fliegen umschwärmt. Ich seufze. In den reichen Ländern wird nachts aufgefüllt. Hier wird Hunger nicht einmal mehr schön kaschiert. Die Welt, denke ich, ist ein seltsames Mosaik aus Überschuss und Mangel. Ich nehme, was da ist. Desinfiziere das Gemüse in der Küche mit Essig, schnipple, würze, koche. Und auch wenn jede kulinarische Schönheit fehlt, fülle ich meinen Bauch.

Dann endlich – der große Tag.

Wir machen uns auf den Weg zu den Viktoriafällen. Der Eintritt ist teuer, doch nichts kann uns abhalten. Die Brücke zwischen Sambia und Simbabwe wirkt wie ein schmaler Grat zwischen Welten. Als das Wasser vor uns in die Tiefe stürzt, stehen wir sprachlos. Es ist kein bloßes Naturereignis – es ist ein Gebet aus Wasser und Licht. Der Sprühnebel benetzt unsere Haut wie heiliger Tau. Die Erde atmet. Wir lauschen. Und spüren: Wir sind Teil von etwas Größerem. Wir überqueren wieder einmal eine unsichtbare Grenze – wieder nur auf der Karte sichtbar – und kehren bald zurück nach Sambia. Die Männer hinter uns, laut und nah, reißen uns aus der Andacht. Ihre Gegenwart stört – nicht weil sie dort sind, sondern wie sie dort sind.

Am letzten Sonntag bittet uns die Köchin des Hostels, sie in die Kirche zu begleiten. Wir können ihr diesen Wunsch nicht abschlagen. Die kleine

Kirche ist schlicht, die Bänke voll. Dann beginnt der Gottesdienst – und mit ihm die Musik. Der Gospel erhebt sich, erst zaghaft, dann kraftvoll. Stimmen füllen den Raum, tragen uns fort. Ein Strom aus Klang und Glaube. Ein faszinierendes Erlebnis.

Der Abschied fällt schwer. Doch wir wissen: Wir kommen zurück. Wenn der richtige Moment gekommen ist.

Der Nachtzug nach Lusaka bringt uns zurück in die andere Seite der Realität. Müll, Schmutz, die stickige Hitze der Hoffnungslosigkeit. Menschen auf der Suche nach Arbeit, nach Halt – und doch finden sie oft nur ein neues Elend. Und wir sind mittendrin. In Lusaka geht es von einem Problem ins nächste: Visa müssen organisiert werden, wir geraten in einen Konflikt mit einem Taxifahrer, der uns eine unverschämte Summe abverlangt, und schließlich landen wir in einem heruntergekommenen Hostel namens „Chachacha" für 8000 Kwacha. Doch selbst hier gibt es Begegnungen, die uns berühren. Ein Reisender, der zu Fuß von Kapstadt nach Kairo unterwegs ist, sitzt mit uns im Hof. Immer wieder taucht er in den Nachrichten auf, und nun sitzt er einfach da, barfuß, staubig, lebendig. Am Bahnhof bleibt uns das Glück versagt. Die einzige Möglichkeit, Geld abzuheben, ist bei der Barclays Bank – eine Stunde Wartezeit –, und wir verpassen den Tazara-Bus nach Kapiri Mposhi. Doch ein anderer Bus bringt uns schließlich dorthin. Kapiri Mposhi wartet – und mit ihm der Tazara-Zug.

Die drei Stunden Fahrt dorthin führen durch Landschaften, durch Bilder, die sich wiederholen und doch jedes Mal ein wenig anders erscheinen. Frauen mit Töpfen auf dem Kopf und Babys auf dem Rücken gehen am Straßenrand. Kinder in Schuluniformen winken uns fröhlich zu, während der Bus über holprige Pisten rumpelt. Die Welt da draußen scheint in Bewegung – und ich fühle mich ihr seltsam verbunden.

Dann steigen wir ein. Der Tazara-Zug, von Sambia nach Tansania. Eine Welt auf Schienen. Trotz der Enge, der Hitze, trotz der Gerüche und der schmalen Betten bin ich erfüllt von Dankbarkeit. Die sambischen Frauen, mit denen wir das Abteil teilen, kümmern sich rührend um mich, schenken mir ein buntes Wickeltuch und passen es behutsam an meinen wachsenden Bauch an. Schmunzelnd erklären sie mir: „Das ist das praktischste Kleid während der Schwangerschaft! Du musst nur die

Nadel versetzen ..." Wir lachen. Wir teilen Geschichten. Und während draußen die weiten Ebenen vorbeiziehen, rattert der Zug wie ein beruhigendes Mantra durch das Herz des Kontinents.

Doch die Ankunft in Dar es Salaam ist chaotisch. Nicht nur der überfüllte, aufgeheizte Zug hat uns ausgelaugt. Auch zwischen Ilvy und mir wächst ein Konflikt – ein seltenes Zerwürfnis, geboren aus Erschöpfung und Reizüberflutung. Die Nächte im Abteil waren laut, erfüllt vom Geplauder der Frauen. Kein Schlaf. Kein Rückzug. Keine Stille. Und plötzlich ist auch in uns keine Ruhe mehr. Dennoch – wir gehen weiter. Zur kenianischen Botschaft, um unser Visum zu holen. Unser Ziel ist Sansibar, die sagenumwobene Insel im Indischen Ozean. Ein letzter Funke Hoffnung, vielleicht am selben Tag doch noch das Schnellboot zu erreichen. Die Stunden vergehen zäh. Um 14 Uhr endlich – unsere Visa. Am Hafen tritt ein Mann auf uns zu. Offizielles Ticket, höfliche Stimme, hilfsbereite Geste. Alles wirkt legitim, beruhigend sogar. Er bietet an, die Tickets für uns zu besorgen.

In unserer Erschöpfung nicken wir – zu dankbar, zu müde, zu unaufmerksam. Zwei Stunden später die bittere Klarheit: Wir wurden betrogen. Kein Ticket. Kein Geld. Keine Aussicht. Und keine Kraft mehr. Ein Fehler, geboren aus Müdigkeit und Konflikt. Reisen macht verletzlich, wenn der Kopf nicht mehr funktioniert. Wenn der Körper streikt. Keine Unachtsamkeit ist erlaubt. Ich begreife: Es braucht einen anderen Kompass – einen, der jenseits von Logik funktioniert. Eine innere Führung, die nicht aus Kalkül entspringt, sondern aus einem Gespür, das tiefer reicht. Eine Intuition, geboren aus Sinneserinnerungen, die wir vielleicht längst verlernt haben – und nun von unseren Vorfahren zurückholen müssen.

„Wohin jetzt?" Unsere einzige Option: Die beinahe kostenlose Unterkunft der Heilsarmee. Und der einzige Wunsch: Nur noch raus aus Tansania. Zum Glück – das Visum für Kenia ist in der Tasche. Wir nehmen den Expressbus Richtung Grenze. Die Landschaft fliegt vorbei, Menschen treten aus der Steppe und reichen Eier und Yuca durch die Busfenster. Ich lache und schlage mir meinen wachsenden Bauch voll. Kleine Freuden. Inmitten all der Enttäuschung.

Bei Kerzenlicht überqueren wir die Grenze. Irgendwie wirkt alles surreal. Kenia begrüßt uns mit neuen Herausforderungen – vor allem finanziellen. Alles ist teurer als gedacht. Und ich? Ich bin am Ende meiner Kräfte. Im Hostel kann ich nicht mehr aufstehen. Liege stundenlang im Dämmerzustand. Die Diagnose ist simpel: Salzmangel. Aber in mir hallt sie nach wie ein Echo meiner inneren Schwäche. Tage vergehen. Langsam kehrt meine Kraft zurück. Und ich kann wieder tanzen. Ilvy und ich tanzen jeden Abend in den heruntergekommenen Clubs – gemeinsam mit all den freundlichen Menschen, die das Leben trotz allem feiern. Wenn die Musik verklungen ist, spazieren wir im Dunkeln zurück zur Unterkunft. Strom gibt es nicht. Wir gehen an den Bretterbuden vorbei, deren Waren noch spätabends im flackernden Kerzenlicht angeboten werden. Unser kleines Ritual: ein Imbiss im Halbdunkel, eingetaucht in das warme Flackern einer Flamme.

Mit Ilvy zusammen kratzen wir die letzten Reserven zusammen. Und dann – ein neuer Aufbruch. Ein Flug nach Malindi, in die Nähe der Äquatorlinie. Ein Motorboot gäbe es – doch von diesem Angebot erfahren wir erst später. So wird es eine kleine Propellermaschine. Laut. Schwankend. Nervenaufreibend. Sie trägt uns über das flimmernde Land hinweg, nach Lamu.

Ein Ort ohne Straßen, ohne Autos. Nur Esel, Boote, Sandwege und das unaufgeregte Rauschen des Meeres. Lamu empfängt uns in seiner Einfachheit – und in seiner Wärme. Die Menschen erinnern mich an die Frauen im Zug, an Sambia, an diese stille Kraft, die aus dem Herzen kommt. Ich atme auf. Und weiß: Ich bin angekommen. Wieder einmal. Vielleicht nur für einen Moment. Aber er reicht.

Die ersten Tage auf Lamu gleichen einem allmählichen Abstreifen – von Gewohnheiten, Erwartungen, von der Vorstellung, wie Dinge zu sein haben. Die Sonne brennt gnadenlos vom Himmel, die Luft steht still, als hätte selbst der Wind kapituliert. In der drückenden Hitze suchen wir Zuflucht auf der Dachterrasse – nicht aus Romantik, sondern aus Notwendigkeit. Dort weht wenigstens ein Hauch von Wind, auch wenn er die schwere Schwüle nicht vertreiben kann. Die Tage vergehen träge, und die größte Wohltat wird die kühle Dusche am Abend. Wir schleppen die Matratzen hinauf. Die Terrasse wird zu unserem Zuhause. Das stickige Zimmer dient nur noch einem Zweck: Wasser. Alles andere spielt sich unter offenem Himmel ab.

Ilvy und ich segeln auf dem Meer. Der Moment, in dem wir uns gegenseitig die Zöpfe öffnen, ist mehr als eine Geste – er ist ein stilles Ritual. Die künstlich eingeflochtenen Strähnen haben sich längst mit unserem eigenen Haar verbunden, mit der Hitze, dem Salz, dem Schweiß. Nun lösen wir sie – sanft, geduldig. Strähne für Strähne. Was bleibt, ist Leichtigkeit. Ein Gefühl von Befreiung, das sich durch die Kopfhaut in den ganzen Körper zieht.

In der rauen, simplen Schönheit Lamus verändert sich unser Blick. Der gewohnte Komfort, die strukturierte Welt Europas – sie liegen weit zurück. Stattdessen leben wir hier in einer Unmittelbarkeit, die uns durchdringt, uns wachrüttelt. Es ist eine Intensität, die bleibt. Die das Herz nicht mehr loslässt. Ich nehme die Welt mit allen Sinnen in mich auf – jede Pore offen, jedes Gefühl ungefiltert. Ich war schon immer ein Mensch, der tief empfindet, doch nun ist da eine neue Qualität des Wahrnehmens. Loslassen – dieser schmerzhafte, kraftvolle Prozess – ist kein einmaliger Akt, sondern ein ständiger Fluss. Es ist ein Tanz zwischen Festhalten und Vertrauen. Diese Reise führt nicht nur über Kontinente, sie führt in die Winkel meines Innersten.

Veränderung ist nie leicht. Aber ich spüre: Nur im Wandel liegt Wachstum. Ich habe begonnen zu begreifen, dass ich manche Verbindungen vielleicht loslassen muss, wenn ich weitergehen will – auch die zum Vater meines Kindes. Unsere Beziehung ist voller Widersprüche: Nähe und Ferne, Liebe und Reibung. Und doch hat dieses Kind mich gewählt. Und dafür trage ich jede Herausforderung, gehe durch jedes Tal. Ich wachse mit jedem Schritt – für mein Kind, für mich selbst.

Das Zuckerfest steht bevor. Nudi und Mohammed laden uns zu einem Festmahl ein – Spaghetti mit Meeresfrüchten, dampfend, duftend, liebevoll zubereitet. Die Menschen feiern das Ende des Ramadan, teilen Essen, Geschichten, Verbundenheit. Es erinnert mich an das Pessachfest, das in diesem Jahr zur selben Zeit begangen wird – zwei Religionen, zwei Riten, doch so viele Parallelen. In beiden Traditionen werden Tiere geopfert, in beiden geht es um Erinnerung, um Befreiung. Warum also diese ewige Konkurrenz? Warum das Streben nach Abgrenzung, wenn uns so vieles eint? Die Kinder ziehen von Haus zu Haus, in ihren kleinen Umhängetaschen sammeln sie Süßigkeiten, die Taschen werden schwerer mit jedem Lächeln. Auch die streng religiösen Frauen tanzen heute – in voller Vermummung, nur die Augen sichtbar. Es ist das einzige Mal im Jahr, dass sie das Haus verlassen dürfen. Sie feiern sich, und doch bleiben sie gebunden an die starren Normen ihrer Welt. Dieser Widerspruch tanzt mit ihnen durch die Gassen.

„Jambo, Jambo Bwana…" – die Melodie der Straße mischt sich mit der Hitze des Tages. Ich liege auf der Dachterrasse, mein Körper ausgelaugt, der Boden hart, die Luft still. Schweiß perlt über meine Haut, jeder Atemzug schwer. Über mir, am Holzbalken, hängt eine Fledermaus – so nah wie nie zuvor. Ihre Augen beobachten mich wachsam, ihre Bewegungen wirken fast zärtlich, wenn sie sich mit den Flügeln selbst umarmt. Ich kann mich kaum losreißen von diesem anmutigen Wesen, das inmitten der Hitze eine seltsame Ruhe ausstrahlt. Draußen wiegen sich die Palmen im Wind, schwarz-weiße Krähen schlafen in ihren Kronen, Geckos kleben regungslos an den Wänden. Ich döse ein – vielleicht träume ich in der Schwangerschaft intensiver, lebhafter. Vielleicht öffnet sich mein Inneres, um Platz zu schaffen für Neues, für Leben. Die Terrasse wird mein Rückzugsort, mein Nest, mein Ausblick auf die Welt. Von hier oben sehe ich hinaus auf das tiefblaue Meer, eingerahmt von Palmen. In der Ferne liegt Banda, einst Zentrum des Elfenbeinhandels, nun halb verlassen. Die Schiffe kamen aus Suhar, dem sagenumwobenen Ort im Oman, wo einst Sindbad zu seinen Reisen aufbrach. Ich höre das Rufen der Händler, das Klirren der Kisten, das Brausen des Meeres. In meiner Fantasie lebt diese Welt fort, voller Wunder, voller Geschichten.

Und dann ist da mein Vater. Zwei gelbe Bücher – eines dicker, das andere schmaler – „Tausendundeine Nacht". Er las sie mir vor, immer und immer wieder. Diese Geschichten waren mein erstes Fenster zu unbekannten Orten. Vielleicht bin ich deshalb aufgebrochen. Vielleicht haben Märchen mir den Mut gegeben, das Leben jenseits der sicheren Ufer zu suchen.

Unten schaukeln die Boote im Rhythmus der Gezeiten. Die Kinder spielen in den engen Gassen, zwischen Abwasserkanälen und Strohhütten. Frauen ziehen Wasser aus dem Brunnen, lachen, reden. Esel blockieren die Wege mit stoischer Gelassenheit – ihr Geruch ersetzt hier den von Autos. Wenn Ilvy und ich transportiert werden wollen, nehmen wir einfach einen Esel. Er bringt uns, langsam, aber zuverlässig, wohin wir müssen.

Morgens werden wir vom Gackern der Hühner geweckt, vom Geschrei der Hähne, vom Stampfen der Eselhufe. Die Stadt erwacht nicht hektisch, sondern in einem leisen, rhythmischen Puls – ein lebendiges, atmendes Wesen. Und doch – die Schatten sind nie fern. Korruption ist hier allgegenwärtig. Aber ist sie das nicht überall? In Europa trägt sie andere Gesichter, elegantere Masken. Dort werden Zahlen um Nullen erweitert, Reiche von Steuerlasten befreit, während andere kaum wissen, wie sie ihre Miete zahlen sollen. Auch das ist Machtmissbrauch. Auch das ist Ungerechtigkeit.

In Sambia wurde ein Reisender verhaftet – wegen einer kleinen Menge Marihuana. Er bot den Polizisten Bestechungsgeld an, lud sie auf ein Bier ein. Am Ende einigten sie sich auf eine Summe, und er ging. Eine andere Form von Gesetz. Eine andere Logik – doch keine fremde.

Und dann ist da diese Zeitlosigkeit, diese sanfte Trägheit, die sich durch den Alltag zieht wie ein leiser Strom. Pole pole, sagen die Menschen – langsam, langsam. Eine Bestellung kann hier eine Stunde dauern. Niemand klopft ungeduldig auf den Tisch. Ich bringe oft ein Buch mit, falls uns die Gespräche ausgehen. Was ist wichtiger: Geschwindigkeit oder Seelenruhe? Und auch wenn die tropischen Gelüste noch immer an mir nagen, wenn ich morgens auf eine halb zerquetschte Banane und eine bereits gärende Papaya starre – ich gebe mein Bestes. Ich bin hier. Und das reicht.

Die Zeit auf Lamu geht zu Ende. Am Vorabend unserer Abreise verabschieden wir uns von Nudi, Mohammed und ihren Familien. Zuvor machen wir noch einen letzten Halt in unserem Stammlokal, dem kleinen „Happa Happa". Ich schenke dem Besitzer meine Kassette – die Musik hatte ihm so gefallen. Unser Abschiedsessen nehmen wir mit Rob ein, einem Amerikaner, der für ein paar Monate ein Haus hütet. Im

„Pettleys", einem etwas teureren Restaurant, lassen wir uns ein letztes Mal verwöhnen. Später stoßen Harry, ein Englischlehrer aus Nairobi, und zwei weitere Bekannte dazu. Es wird ein heiterer, leuchtender Abend – der letzte auf der Insel. Auch mein Zuhause auf Zeit werde ich vermissen: das weiße Haus mit seinen indischen Bögen und filigranen Fenstern, mit der Dachterrasse, die bei jeder Brise zu atmen schien.

Um fünf Uhr morgens brechen wir auf. Die Sonne schläft noch hinter dem Horizont. Nach kaum dreißig Minuten – kaum überraschend –, bleibt der überfüllte Minibus mit einem Ruck stehen. Panne. Im schwachen Dämmerlicht hocken wir am Straßenrand, im Schatten einer Palme. Käfer, Ameisen und Tausendfüßler kriechen ungerührt über unsere Beine, während die Männer unter dem Bus hantieren – mit einem Seil. Ich versuche anfangs noch, die Insekten abzuwehren, doch irgendwann lasse ich es geschehen. Trinke langsam und bedacht aus meiner Wasserflasche – ein Vorrat, den ich aus bitterer Erfahrung hüte wie einen Schatz. Wir warten. Stundenlang.

Schließlich naht Hilfe in Form eines Lieferwagens. Doch statt weiterzufahren, bringt er uns zurück – ins Dorf, das wir längst hinter uns gelassen hatten. Wir kauern auf der Ladefläche, eingekeilt zwischen Taschen, Menschen und Staub. Auf einer halb zerbrochenen Bank, unter dem schiefen Dach eines Ladens, warten wir weiter. Eine Stunde vergeht. Kinder umringen uns, starren neugierig. Dann endlich – ein fahrbereiter Bus.

Fünf Stunden lang ruckeln wir durch Buschland. Der Körper findet einen Rhythmus, die Hoffnung keimt zaghaft: Vielleicht kommen wir diesmal durch. Doch erneut hält der Bus an – nicht wegen einer Panne, sondern wegen einer endlosen Sumpfebene, die sich plötzlich vor uns auftut. Flüsse durchziehen das Gebiet. In ihnen lauern, sagt man, Krokodile. Es bleibt uns nichts anderes übrig, als den anderen zu folgen. Wir steigen aus, waten durch den heißen, lehmigen Morast. Der Boden saugt uns ein. Ich sinke bis zu den Knien ein, verliere das Gleichgewicht. Mein Bauch zieht schwer nach vorn, mein Rucksack nach hinten. Ich schwanke, ringe um jeden Schritt. Der Pass, denke ich. Der darf nicht nass werden. Ich halte ihn über meinem Kopf, stoße Stoßgebete gen Himmel. Mögen die Krokodile woanders jagen. Die Sonne brennt erbarmungslos.

Mein Gesicht ist verschmiert vom Schweiß, aber ich habe keine Hand frei, ihn abzuwischen. Der Boden wird zäher. Irgendwann, flimmernd in der Ferne, taucht die Straße wieder auf. Ich ziehe meine Schuhe aus – die Sohlen brennen auf dem glühenden Asphalt, aber in den Schuhen schmerzen die Blasen. Wir marschieren noch sechs Kilometer mit dem Gepäck auf dem Rücken. Dann, endlich, ein Bus. Ich falle auf einen Sitz. Trotz Hitze und Enge wirkt er wie ein Porsche, ein rollendes Fünf-Sterne-Hotel inmitten der Wildnis. Wir schlafen sofort ein.

Trotz all dieser Erfahrungen kann der Reisende nicht aufhören zu reisen. Nicht die Strapazen, nicht das Feilschen, nicht das ständige Ausgeliefertsein vermögen den inneren Drang zum Verstummen zu bringen. Etwas in uns will immer weiter. Immer tiefer. Immer näher.

Unser Flug geht in wenigen Tagen von Nairobi. Die letzten Tage sind geprägt vom bloßen Durchhalten. Wir sind erschöpft, ausgelaugt, sehnen uns nach einem Ort des Ankommens. Im Splendid Hotel wechseln wir dreimal das Zimmer, bis endlich eines mit funktionierendem Spülbecken und fließendem Wasser dabei ist. Das Geld ist fast aufgebraucht. Jeder kenianische Schilling wird gezählt, jeder Einkauf überlegt. Schließlich dürfen wir bei Bekannten in Mombasa unterkommen. Unsere letzten Munzen investieren wir in die Zugfahrt nach Nairobi. Der Zug fährt durch den Tsavo-Nationalpark – ein letztes Aufbäumen der Schönheit. Elefanten, Zebras, Büffel ziehen gemächlich durchs Bild, als würden sie sich von uns verabschieden. Obwohl wir uns nur Tickets der zweiten Klasse leisten können, fühlt sich der Zug wie ein Geschenk an – ein Hauch von Komfort nach Wochen der Improvisation.

In Nairobi finden wir eine schäbige Unterkunft nahe dem Bahnhof. Die Stadt ist laut, schmutzig, von Misstrauen durchdrungen. Taschendiebe streifen durch die Gassen. Die Luft ist schwer von Abgasen. Wir kaufen noch etwas Obst auf dem Markt, verstecken das restliche Geld im Stoff unserer Tops.

Am Flughafen ist das Buffet fast leer. Ich wähle einen Gulascheintopf – eine Entscheidung, die sich bald rächen wird. Doch noch ahne ich nichts.

Hoch oben, über den Wolken, schaue ich ein letztes Mal auf die weite, gelbe Erde unter mir. Ich erkenne Tiere, die in der Glut der Sonne wie

Wesen aus einer anderen Zeit durch die Landschaft ziehen. Mein Kontinent. Der Kontinent, der mich seit Kindertagen nicht losließ. Ich denke zurück an meine strenge Lehrerin. An unser Projekt erinnere ich mich noch genau – es begann mit einem Kinderbuch über einen Markttag in Ruanda. Wir sollten den Markt nachbauen, aus Holz. Ich sägte ihn, feilte ihn, doch nie war er gut genug. Immer wieder begann ich von vorn. Und dann vergaß ich die Zeichnung. Einmal. Zweimal. Dreimal. Ich sehe mich noch dort stehen, vor ihrer strengen Stimme, auf mich hinunterschauend. Als ich es ihr zum dritten Mal gestehen musste, spürte ich, wie mir die Tränen aufstiegen. Ich rannte auf die Schultoilette, schloss mich ein, setzte mich auf den kalten Boden und weinte. Ich wollte nie mehr zurück in diese Klasse. Aber Ruanda blieb. Tief in mir. Wie ein leiser Same, der etwas in mir wachrief. Der Wunsch nach Afrika war geweckt. Lange bevor ich verstand, wohin er mich führen würde. Schule kann prägen – im Guten wie im Schlechten. Ich denke an einen meiner Lieblingslehrer. An seine Begeisterung, an seine Ideen. Wenn es um Ameisen ging, brachte er ein Terrarium. Wenn wir Bäume kennenlernen sollten, schickte er uns mit Bleistift und Heft in den Wald. Bei den Römern bastelten wir dreidimensionale Städte, besuchten Ruinen, entzifferten lateinische Inschriften. Lernen war ein Abenteuer. Es blieb.

Stunden später erreichen wir den Flughafen von Tel Aviv. Müde, staubig, erschöpft – aber auch voller Geschichten. Jeder kehrt in seine Unterkunft zurück. Und in mir kehrt ein leiser Frieden ein.

# ZWEI HERZEN, EIN WEG

*„Die Freiheit des Menschen liegt nicht darin,*
*dass er tun kann, was er will, sondern, dass*
*er nicht tun muss, was er nicht will."*

*Jean-Jacques Rousseau*

Zwei Jahre später

Ich schreibe wieder einmal einen Eintrag in mein Tagebuch:

„Das Leben bietet so viele Möglichkeiten – mehr, als ich je ausschöpfen könnte, selbst wenn ich Tag und Nacht damit verbringen würde. Es gleicht einem Labyrinth, in dem jeder Gang, jede Biegung, eine neue Entscheidung bereithält. Manche führen in die Dunkelheit, andere ins Licht. Oft wähle ich einen falschen Weg, doch ich kann die Richtung ändern, um wieder Weite zu finden. Nicht jede positive Möglichkeit lässt sich ergreifen – manchmal erfordert das Leben den Mut, loszulassen.

Wenn ich eines Tages den Ausgang dieses Labyrinths erreiche, werde ich wissen: Ich bin angekommen, am Ende meines Weges. Vielleicht hinterlasse ich dabei auch dunkle Spuren, aber mein Leben wird durchzogen sein von unzähligen kleinen, leuchtenden Wegen, die ich gegangen bin – voller Liebe, Mut und Wahrheit."

Versonnen blicke ich auf. Yuri spielt neben mir in unserem Gemach. Seit jenem frühen Morgen, als sie in mein Leben trat – klein, warm, still atmend – hat sich alles verändert. „Loslassen" – dieses Wort ist wie ein Echo, das mich begleitet. Doch ich glaube, jeder Mensch muss es irgendwann lernen.

Ich war jung, als ich den Entschluss fasste, dieses Leben anzunehmen – mit all seinen Konsequenzen und all seiner Kraft. Es war eine Entscheidung aus Mut und Liebe. Den Weg mit diesem wundervollen Wesen zu teilen, erfüllt mich mit einer Freude, die sich durch kein Opfer schmälern lässt. Auch als ich mich während der Schwangerschaft entschloss, den Weg ohne den Vater meines Kindes zu gehen, blieb ich standhaft. Ich erkannte, dass es nicht die kulturellen Unterschiede waren, die uns trennten, sondern die Prägungen, die unsere Seelen geformt hatten.

Es war eine schmerzvolle Einsicht, als ich feststellen musste, dass unser gemeinsames Konto geplündert worden war – für illegale Reisepläne eines Schwagers. Dass Fremde ins Haus kamen, blieben und mit meinen Sachen verschwanden. Dass Geld investiert wurde, ohne meine Zustimmung – nur um gesellschaftlichen Erwartungen zu genügen. In diesen Momenten begriff ich: Ich konnte dieses Kind ganz als das meine annehmen, aber ich würde keine Energie mehr in Beziehungen investieren, die mir schadeten.

Diese Zeit liegt zurück, doch mein Wunsch, mich weiterhin mit der Kultur des Vaters auseinanderzusetzen, blieb lebendig. Ich arbeitete hart – ohne Unterstützung vom Sozialamt oder ähnlichen Stellen. Ich wollte unabhängig sein. Ich sparte und begann, mein Fernweh wieder zu leben. Meine Neugier auf Menschen, Geschichten und Kulturen war unstillbar. Ich wollte meiner Tochter zeigen, dass Herkunft nicht das Wesentliche ist – dass die Welt an jeder Ecke Erfahrungen bereithält, die uns prägen und bereichern können.

Ich blättere zurück in meinem Notizbuch, ein Lächeln auf den Lippen. Ein Bekannter organisierte mir den Aufenthalt hier, im kommunistischen Land. Hier darf ich nun wohnen – bei seiner Familie, die unter einfachsten Bedingungen lebt.

Das Haus ist baufällig, von Rissen durchzogen. Mein Schlafgemach liegt hinter bröckelnden Mauern. Im Badezimmer lebt das Haustier der Familie: eine Schildkröte, die die Enkelin einst vom Strand mitbrachte. Bevor ich duschen kann, muss ich sie vorsichtig aus der alten Emailwanne heben. Ihr Kot wird mit Zeitungspapier entfernt – Toilettenpapier ist ein Luxusgut. Erst dann plätschert ein gelblicher

Wasserstrahl aus dem rostigen Duschkopf, um den Staub der Stadt von meiner Haut zu spülen.

In der düsteren Küche, unter dem undichten Waschbecken, befindet sich ein Taubenschlag – Notvorrat für schlechte Zeiten. Die Bodenfliesen zeugen von längst vergangenem Wohlstand, ihre Muster nur noch zu erahnen. Mit Fantasie kann ich mir vorstellen, wie einst Stuck und Farben die hohen Decken zierten.

Ein ausgebeulter Blecheimer beherbergt das Besteck. Küken verschmutzen die schmale Arbeitsfläche – auch sie gehören zum künftigen Speiseplan der Familie.

Die Großmutter – vom Leben gebeugt – sitzt meist in einem quietschenden Schaukelstuhl mit abgewetztem grünem Kissen. Ihr graues Haar ist zu einem dünnen Zopf geflochten, der ihr den Rücken hinunterfällt. Von dort aus beobachtet sie das Geschehen. Um sie herum toben drei ihrer Enkelkinder – laut, wild. Ein paar alte Ziehfahrzeuge mit Schnüren reichen für den Kleinsten, der auf dem Boden krabbelt, seine Fingerchen fettig vom Reis.

Zur Familie gehören auch ein Sohn, der nur gelegentlich vorbeischaut, seine Geschäfte im Zwielicht haltend, sowie zwei Töchter, die in einem Nagelstudio arbeiten – für ein Gehalt, das kaum zum Leben reicht. Nach dem spärlichen Abendbrot versammeln wir uns alle um den Tisch, teilen das einfache Essen. Danach zieht sich jeder in eine Ecke des stickigen Raumes zurück. Ein surrender Ventilator an der Decke kämpft vergeblich gegen die Hitze an. Manchmal steigen wir auf das Dach – dort ist es kühler. Die Kinder teilen sich ein Bett.

Die Mutter des Hauses, Marta, fertigt neben ihrer Arbeit im Nagelstudio noch Schmuck aus Muscheln und Plastikperlen an. Sie verkauft ihn am Strand, stets auf der Hut vor der Polizei. Einheimische dürfen Touristen nicht frei ansprechen und sich nur in speziell ausgewiesenen Bereichen aufhalten.

Dank meiner Tochter bleiben wir unbehelligt – die Behörden halten uns für Verwandte. So sammle ich morgens mit Marta Muscheln. Fischer stehen mit Angeln an der heruntergekommenen Strandpromenade, Boote sind allein der Polizei vorbehalten.

Der Alltag ist geprägt von Rationierung. Ein Heftchen gibt es, mit dem Marta in den staatlich kontrollierten „Bodegas" Lebensmittel holen kann. Mal Fleisch, mal Huhn, mal Reis – je nachdem, was geliefert wird. Oft steht sie schon im Morgengrauen in langen Schlangen. Alles ist berechnet. Unsere Anwesenheit birgt ein Risiko für die Familie. Wir sind nicht registriert. Die Abgaben dafür wären unerschwinglich. Doch Marta, die auf meine Bekanntschaft vertraut, lehnt unsere Gastfreundschaft nicht ab.

Ich achte darauf, unbemerkt durchs Haus zu schleichen – unter den neugierigen Blicken der Nachbarn, hinter Vorhängen verborgen.

Meine offizielle Adresse ist ein Hotel, das ich in einem alten Reiseführer fand. So entgehe ich der Meldepflicht und kann tiefer eintauchen – in ein Leben, das Touristen verborgen bleibt. Ich bezahle mit der Währung der Einheimischen, die mir Marta zusteckt – jenem Geld, das Touristen nie zu Gesicht bekommen, lerne ihre Wege, ihre Sorgen, ihre Hoffnungen kennen.

Abends, wenn Yuri schläft, setze ich mich manchmal an den wackeligen, klebrigen Küchentisch. Maria schaukelt in ihrem Stuhl, Marta bastelt. Ich frage nach ihren Geschichten – vorsichtig. Bevor sie antwortet, prüft Marta, ob die Fensterläden wirklich geschlossen sind. „Auch Wände können Ohren haben", sagt sie mit einem Lächeln.

Ein weiteres Abenteuer sind die Fahrten mit den „Camellos" – gasbetriebene Busse, Überbleibsel einer Zeit, in der das Land unter sowjetischem Schutz stand. Nur Einheimische dürfen sie nutzen – dank Martas Begleitung sind wir dabei. Die Fahrzeuge sind alt, laut, übelriechend, aber voller Leben.

Doch mit der Armut kommt auch die Schattenseite: das ständige Schummeln, das Ringen ums Überleben, das fordernde Mitgehen. Wenn ich einen Spaziergang mit Yuri machen will oder ihr am Strand einen Saft kaufe, erwarten Marta und ihre Verwandten, dass ich für alle bezahle.

Ich verstehe sie – und doch ziehe ich meine Grenze. Eines Morgens packe ich unseren Rucksack. Ich erkläre, dass wir weiterreisen werden.

Ich habe so vieles erleben dürfen, durfte hinter die Kulissen blicken, durfte eintauchen. Dankbar steige ich mit Yuri in den Bus Richtung Westen. Bevor wir gehen, lege ich Marta Geld für das Bett hin, das wir geteilt haben.

Und wieder heißt es: loslassen.

Meine Kleine strahlt über das ganze Gesicht, als ich sie nach dem Einchecken im Gasthaus endlich wieder unbesorgt auf dem sauberen Boden spielen lasse. Es ist, als fiele ein Stück Alltag zurück in unsere Hände – vertraut, kostbar. Welch ein Gefühl der Erleichterung. Die Luft hier draußen ist klar und kühl, sie riecht nach Erde, nach Tabak und einem Hauch von Regen. Ich trete auf die schattige Veranda und lasse meinen Blick über die Umgebung schweifen. Eine üppige, fast überbordende Vegetation breitet sich vor uns aus – grüne Täler, durchzogen von den geordneten Linien der Tabakfelder, am Horizont erheben sich steil und urtümlich die Kalksteinhügel. Hinter ihnen, so erzählt es mir mein zerlesener Reiseführer, liegt die Cueva del Indio. Von hier aus ist sie nicht zu sehen, doch ich kann sie mir vorstellen – verborgen, wie ein Geheimnis, das sich nicht jedem zeigt.

Ich lasse mich in den knarrenden hölzernen Schaukelstuhl sinken und schließe für einen Moment die Augen. Wie still es ist. Nur das Rascheln des Laubs, das Zirpen der Insekten, das ferne Rufen eines Hahns.

„Mama, Mama!" Der Ruf meiner Tochter holt mich zurück. Es ist Zeit fürs Essen. Auf dem Tisch erwartet uns eine bunte Vielfalt an Früchten – ein Farbenmeer in Rot, Orange, Gelb und Grün. Meine Kleine greift begeistert zu, und ich lächle. „Hier fühle ich mich wohl", denke ich.

Die Nacht umarmt uns sanft, durchdrungen vom vielstimmigen Konzert der nachtaktiven Tiere. Meine Tochter liegt eng an mich gekuschelt, den Kopf an meinem Bauch, den kleinen Körper warm und schwer. Ihre Lippen zucken im Schlaf, als würde sie träumen. Auch auf meinem Gesicht liegt ein leises, müdes Lächeln.

Am nächsten Morgen, nach einem Frühstück voller frischer Gerüche, machen wir uns auf zu einem Ausritt. Die Sonne hat den Himmel bereits vergoldet, und meine Tochter sitzt vor mir im Sattel, plappert vor sich hin und greift mit ihren kleinen Händen immer wieder in die zottige Mähne des geduldigen Pferdes. Schmetterlinge in allen Farben tanzen durch die Luft, und am Wegesrand wiegen sich einige Palmen im Wind. Männer mit Zigarren im Mund nicken unserem Reitführer zu, wechseln ein paar Worte mit ihm, während sie zwischen den Feldern stehen – Erde an den Händen, Sonne im Gesicht.

Unser Ziel ist die Cueva del Indio. Unter schattigen Bäumen binden wir die Pferde an, der Rest des Weges führt zu Fuß hinauf. Ein steiler, geheimnisvoller Pfad. Oben angekommen, bleibe ich einen Moment stehen. Vor uns breitet sich eine weite Ebene aus, eingehüllt in das magische Licht des späten Vormittags. In der Höhle funkeln bizarre Tropfsteinformationen im Halbdunkel, und ein unterirdischer Fluss zieht gemächlich durch das Gestein – kühl, geheimnisvoll. An den Wänden flimmern uralte Felsmalereien, Zeugnisse der Taino, die einst hier lebten, lange bevor die Kolonisation ihre Welt veränderte. Wir gleiten ruhig schaukelnd durch die Höhle, bewundern die Zeichen einer fernen Vergangenheit.

Auf dem Rückweg schläft meine Tochter in meinen Armen ein, der Kopf schwer auf meiner Schulter, der Atem ruhig. Ich reite einhändig, achtsam, jedes Ruckeln vermeidend. An der Veranda übergebe ich sie unserem Begleiter, steige langsam ab und lege sie sanft in die Hängematte. Dort schläft sie weiter, eingehüllt in den Frieden des Nachmittags.

Ich nutze die ruhigen Stunden, um zu lesen, ein paar Zeilen ins Tagebuch zu schreiben. Worte fließen mühelos auf ungeschriebene Seiten. Am späteren Nachmittag spazieren wir zum kleinen Spielplatz. Unterwegs ruft ein junger Lehrer aus einem offenen Schulfenster: „Hallo! Möchtet ihr bei einer Musikstunde dabei sein?" – „Gern!", rufe ich zurück. Seine Einladung kommt von Herzen.

Der Raum ist schlicht, doch voller Leben. Trommeln, Maracas, kleine Gitarren – die Kinder klatschen, tanzen, lachen. Auch meine Tochter wird von ihrer Freude mitgerissen, wippt im Takt, klatscht mit. Ich setze mich in eine Ecke, lasse mich tragen von den Rhythmen, dem Lachen, der Fröhlichkeit.

Zum Abendessen gibt es Malangasuppe, Yuca mit Mojo – eine frische Sauce aus Zitrone und Orange – und süßen Mameysaft. Meine Tochter jedoch entscheidet sich für eine andere Frucht. Ihre Vorlieben sind klar, auch hier.

Später machen wir uns auf, um noch ein wenig Musik zu hören. Doch kaum angekommen, schläft meine Tochter auf meinen Schultern ein. Ich schiebe zwei Stühle zusammen, lege ihr Jäckchen unter den Kopf, decke sie mit einem Tuch zu.

Ich genehmige mir einen Mojito. Die Musiker stimmen ihre Instrumente, die ersten Salsarhythmen füllen die Luft. Mein Blick wandert über das kleine Keyboard – die Tasten ziehen mich an, nicht das Instrument selbst. Ich lausche, plaudere ein wenig mit Einheimischen, die sich zu mir setzen. Die Gespräche sind offen, herzlich, unaufgeregt. Nach einer guten Stunde brechen wir auf. Meine Tochter schläft noch immer, schwer und schwitzend in meinen Armen. Ich trage sie durch die laue Nacht, durch die Straßen des Dorfes, zurück in unser Zimmer – behutsam, damit kein Traum zu früh zerbricht.

# ZWISCHEN FREIHEIT UND VERANTWORTUNG

*„Weißt du, manches kann ich dir beibringen.*
*Anderes lernst du aus Büchern. Aber es gibt*
*Dinge – die musst du selbst sehen und*
*fühlen."*

Khaled Hosseini

„Mama, Mama!" – das Weinen meiner Tochter reißt mich aus dem Schlaf. Schlaftrunken taste ich nach ihr, doch als meine Hand ihre Stirn berührt, schrecke ich auf. Sie glüht. Ich tappe durch das dunkle Zimmer in dieser östlichen Stadt der Insel, in der wir erst gestern angekommen sind – und die wir heute Morgen wieder verlassen wollten. Viel spricht dafür: die spürbare Nähe meines Exfreundes, dessen Empfehlungen für diesen Ort sich wie ein Schatten über unseren Aufenthalt legen, die Hektik der Großstadt, nach der weder meine Tochter noch ich verlangen.

Im Halbdunkel greife ich nach einem Tuch, feuchte es an und fahre damit sanft über ihr Gesichtchen. Dann ziehe ich ihr ein frisches T-Shirt an, wechsele die vom Durchfall durchnässte Windel. Ihr kleiner Körper liegt erschöpft auf dem Laken. Ich knie mich neben sie, wühle im Medikamentenbeutel in meinem Rucksack. Fiebersenkende Zäpfchen. Essig. Ich tränke zwei Söckchen damit und streife sie ihr über. Sie strampelt und schlägt wütend um sich. „Pscht, Liebling, wir sind nicht allein ..." Doch meine Tochter ist sturer, als ich je vermutet hätte. Erst als ich sie fest an mich drücke, ihr ihren Widerstand mit Wärme beantworte, beruhigt sie sich. Schweiß klebt mir an der Stirn. Für einen Moment senke ich den Kopf auf ihre Haare. Wie viel würde ich jetzt darum geben, nicht allein zu sein. Es sind diese Stunden in der Dunkelheit, in denen ich mir jemanden an meiner Seite wünsche.

Vor meinem inneren Auge erscheint ein anderer Moment: ein Tag voller Musik, Sonne, unbändiger Lebensfreude. Yuri tanzt, wirbelnd, lachend, stürzt zu Boden – ich reiße ihren Arm in letzter Sekunde hoch, um ihr Gesicht zu schützen. Doch es ist zu spät. Sie schreit auf, so schrill, dass mein Herz aussetzt. Der kleine Arm hängt leblos herab. Panik lähmt mich nur für den Bruchteil einer Sekunde. Dann klemme ich sie an mich, greife nach meiner Geldbörse und jage mit ihr hinaus auf die Straße. Ein Taxi. Ein Krankenhaus. Ihr Weinen bleibt. Der Verkehr zieht sich endlos hin. Endlich erreichen wir die Notaufnahme – überfüllt, stickig, gleichgültig. Ich halte ihren Arm, stütze ihn in einer Position, die den Schmerz etwas mildert.

Die Stunden dehnen sich. Niemand nimmt Notiz von uns. Als meine Stimme sich schließlich erhebt, voller Wut, blicken mich die Schwestern an, als sähen sie mich heute das erste Mal. Die Diagnose: ein Bruch. Gips. Aber etwas stimmt nicht. Der Arm fühlt sich nicht gebrochen an. Irgendwann, als Yuri erschöpft eingeschlafen ist, bitte ich den Gipser, den Arm noch einmal zu prüfen. Und dann – ein Ruck. Ein letztes Aufschreien. Dann Stille. Der Arm sitzt. Ich atme aus vor Erleichterung. Es war kein Bruch. Nur ausgerenkt.

Drei Tage sind wir nun in dieser Stadt geblieben. Gefangen, gewissermaßen. Doch nun, mit sinkendem Fieber und wiederkehrendem Lachen, kehrt das Leben zurück. Die Sonne scheint erneut – außen wie innen. Ich nehme Yuri bei der Hand, und wir gehen gemeinsam ins Reisebüro. Ein Flug nach Mexiko. Schon beim Gedanken daran huscht ein Lächeln über unsere Gesichter. Wir beide lieben mexikanisches Essen. Ich vertraue auf mein Bauchgefühl: Das kann nur gut werden.

Später betrete ich eine schmale Telefonkabine, um meinem besten Freund zum Geburtstag zu gratulieren. Danach ein kurzes Gespräch mit meiner Mutter. Nur ein paar Minuten Verbindung zur anderen Welt – teuer, aber sie sind es wert.

Wir sind noch einmal bei Maria und Marta eingekehrt. Der Weg zum Flughafen zieht sich. Marta hat für uns ein einheimisches Taxi organisiert. Es darf nicht über die Hauptstraße fahren, also holpert es über Schleichwege. Stunden später steigen wir in das Flugzeug – eine alte, klapprige Maschine, die dennoch sicher wirkt. Yuri lässt sich diesmal sogar anschnallen, ohne zu rebellieren. Vielleicht ahnt sie, dass etwas Neues beginnt.

Ich lehne mich zurück, blicke aus dem Fenster. Unter uns verschwinden die Dächer der Stadt. In mir steigen Bilder auf, längst vergangen, aber nicht vergessen: Die Rückkehr aus Afrika nach Israel, schwanger, mit Schmerzen, die als Blinddarmentzündung gedeutet wurden. Die Operation im sechsten Monat. Und meine Worte an den Anästhesisten, bevor das Narkosemittel mich forttrug: „Passt bitte auf mein Kleines auf." Sie taten es. Dafür bin ich bis heute dankbar.

Doch die Tage danach waren zäh. Ich lag da zwischen alten Frauen, hörte ihr Husten, spürte die Kälte des Bodens durch das Metallbett. Die Ärzte kamen selten, das Personal war überfordert. Meine Freunde organisierten alles – Bett, Waschen, Essen. Und zur Entlassung? Eine Kreditkarte. Die ich natürlich nicht hatte. Noch halb taumelnd besorgte ich Geld via Western Union. Alles wegen einer Fehldiagnose. Es war keine Blinddarmentzündung. Nur eine Lebensmittelvergiftung, eingefangen am Flughafen von Nairobi, mit dem letzten Essen auf afrikanischem Boden.

# ZUHAUSE AUF DER STRAße

*"Die Menschen haben keine Zeit mehr,*
*irgendetwas kennenzulernen. Sie kaufen sich*
*alles fertig in den Geschäften."*

*Antoine de Saint-Exupéry*

Mexiko
Sonnenschein und warme Luft empfangen uns am Flughafen wie eine freundliche Umarmung. Die Schlange scheint endlos, meine Tochter quengelt. Immer wieder wirft sie sich auf den Boden, windet sich, schreit trotzig: „Nicht mehr warten, Mama!"
Zum Glück bringt ihr kindlicher Aufstand uns in die bevorzugte Wartelinie. Ich nehme sie auf den Arm, versuche, meinen Rucksack bequemer zu schultern. Doch kaum halte ich sie, windet sie sich wieder heraus, plumpst mit einem empörten Aufschrei zu Boden. Schwitzend streiche ich mir eine verklebte Haarsträhne aus dem Gesicht. Wie lange noch? frage ich mich genervt, bemüht, die Gereiztheit nicht an meiner kleinen Widerspenstigen auszulassen.
Endlich erreichen wir die automatische Glastür. Sie öffnet sich lautlos. Ich lasse meine Tochter ein Stückchen hinter mir hertrotten, während ich das Gepäck neu sortiere. Dann durchschneidet ein Schrei das Gedränge – schrill, durchdringend, panisch. „Mama!" Ich wirbele herum – ihre kleine Hand steckt in der Schiebetür. „Hilfe! Kann mir denn niemand helfen?!" Verzweifelt versuche ich, die Tür aufzuschieben, aber nichts bewegt sich. Erst als zwei Männer herbeieilen, gelingt es, die Tür zu öffnen und meine

Tochter zu befreien. Zitternd halte ich sie in den Armen. Ihre Tränen durchtränken mein T-Shirt. Immer wieder taste ich vorsichtig ihre Hand ab. Bitte, bitte kein Bruch. Mit klopfendem Herzen hieve ich sie auf die Hüfte, schleppe mit der freien Hand den Rucksack hinter mir her, bis wir endlich im Taxi sitzen – erschöpft.

In der billigen Unterkunft bette ich sie sofort aufs schmale Bett, frage nach Eis. Der Arm ist geschwollen, bläulich verfärbt – aber sie kann ihn bewegen, ohne zu weinen. Keine Fraktur, wie es scheint. Ich streiche ihr Arnika auf die weiche Haut, während sie mit dem Schnuller im Mund schon schläft – erschöpft vom Schock, vom Flug. Ich trete ans fleckige Fenster, blicke auf die lärmende Straße. Dicke Amerikaner stolpern mit Sonnenbrand und Strohhüten durch die Gassen, auf der Suche nach dem „echten Mexiko", das sie längst verdrängt haben. Taxis hupen im Takt der Hitze. Die Preise sind absurd – zu viele Touristen treiben die Preise in die Höhe. Eine unangenehme Stadt, denke ich und setze mich an den wackeligen Holztisch, den Reiseführer in der Hand, während meine Tochter schläft.

Nach dem Mittagsschlaf drängt sie hinaus – sie will zu einem Spielplatz. Wir laufen zum Supermarkt. Ich stehe vor endlosen Regalen, überflutet von Auswahl. Alles ist da. Alles ist zu viel. Der Überfluss schnürt mir die Kehle zu. Noch vor wenigen Tagen lebten wir auf der kommunistischen Insel – rationiert, bescheiden. Und nun: Konsumwahn. Warum? frage ich mich. Warum gibt es diese Ungleichheit? Und wer sind wir, dass wir darin einfach weiterleben, als wäre nichts? Haben wir überhaupt das Recht, glücklich zu sein, während andere hungern? Reisen ist kein Dauerrausch. Es ist Bewegung – und Erschütterung. Jeder Tag bringt Neues, Schönes, Anstrengendes. Und doch: Je länger man unterwegs ist, desto mehr wird auch diese Bewegung zum Alltag. Einkäufe, Papierkram, Budgetplanung – all das reist mit.

Ich schreibe am Abend in mein Tagebuch:

„Flughafentaxe, Sandwich, Taxi: 60 Dollar weg.

Hostal, Supermarkt, Abendessen: 240 Pesos.

Und das in nur zwei Tagen…"

Warum also? Warum reist der Mensch überhaupt? Weil er sich andernfalls nicht weiterentwickelt. Weil Stillstand tödlich ist für die Seele:

„Wenn du denkst, Abenteuer seien
gefährlich, versuche Routine. Sie ist tödlich."

*Paulo Coelho*

Am nächsten Tag flüchten wir aus diesem zweiten „Gringoland", wie ich es insgeheim nenne.

Sieben Stunden Busfahrt Richtung Campeche – eine alte Piratenstadt, fernab vom Touristenstrom. Die Altstadt leuchtet in allen Pastellfarben der Welt – Gelb, Türkis, Rosa. Meine Tochter ist begeistert von der alten Stadtmauer, klettert mit ihren dünnen Beinchen auf jede Stufe, als würde sie die Welt erobern. Ich laufe hinter ihr, stets bereit, sie aufzufangen. Unsere Unterkunft liegt in einem stillen Innenhof, die dunklen Zimmer schlicht, aber sauber – was will man mehr? Yuri bekommt endlich wieder Kakao. Sie strahlt, als hätte sie das Paradies gefunden.

Auf dem Markt begegnen wir einem französischen Reisenden, der plant, alle Rotkreuz-Einrichtungen Frankreichs zu besuchen – auch so kann man unterwegs sein. Jeder trägt seine eigenen Träume im Gepäck. Nach einem guten Essen brausen wir zu dritt auf einem Motorrad durch die abendlichen Straßen zurück. Der Fahrtwind riecht nach Tacos, Hitze und Sommer.

Tags darauf führt uns die Reise weiter. Über sechs Stunden fahren wir durch flaches Viehland, das sich langsam in tropisches Grün verwandelt. Die Luft wird feuchter, die Vegetation dichter. Wir erreichen Chiapas – das gefährliche Mexiko. Eine Region voller Geschichte, voller Rebellion.

Wenig Touristen verirren sich hierher, dorthin, wo Marcos, der Zapatistenführer, zur Symbolfigur wurde. Die indigenen Maya leben hier in ständiger Not. Ihre Kinder sind unterernährt. Ihre Felder enteignet. NAFTA hat ihr Leben zerstört: Billige US-Importe überschwemmen den Markt, entwerten ihre Ernten. Ihr Recht auf Land, Nahrung, Würde – Stück für Stück geraubt. Und doch, inmitten dieser Ungerechtigkeit, bewahren sie ihre Sprache, ihre Gesänge, ihren Widerstand. Inmitten dieses leidvollen Umfelds kämpfen die Zapatisten für soziale

Gerechtigkeit, Landrechte und den Erhalt einer Kultur, die hier seit Jahrhunderten tief verwurzelt ist. Ihr Widerstand ist mehr als ein Akt des Überlebens – er ist ein Zeichen der Hoffnung. Für die Maya, für ihre Identität, für eine Lebensweise, die im Sog der Globalisierung zu verschwinden droht. Der Name „Zapatisten" erinnert an Emiliano Zapata, der 1910 zu einer Schlüsselfigur der mexikanischen Revolution wurde.

Meine Tochter und ich fühlen uns trotz der nicht ungefährlichen Lage wie im Paradies. Ich habe die günstigste Unterkunft gefunden, die noch in mein knappes Budget passt: eine einfache Strohhütte mit einem harten Bett, auf dem wir gerade so Platz finden, wenn wir uns eng aneinander kuscheln. Ein wackeliger Holztisch steht am Fenster, das von einem Moskitonetz ohne Glas umrahmt ist, daneben ein einzelner Stuhl. Jetzt sitze ich hier, während meine Tochter friedlich unter dem Netz schläft.

„Morgen muss ich eine Kerze besorgen", denke ich versonnen, während ich den nächtlichen Geräuschen lausche. Das Zirpen der Grillen, das Quaken der Frösche, das Zwitschern der Vögel und das Zischen der Insekten – all das klingt wie Musik. Das Mondlicht fällt auf mein Tagebuch, das offen vor mir liegt. Eigentlich wollte ich noch meinem langjährigen Brieffreund schreiben, meiner Freundin und meinem besten Freund. Die Briefe könnte ich in ein paar Tagen im nahen Dorf zur Post bringen. Aber die Kerze fehlt, und die Taschenlampe wirft kaum noch Licht. Also lege ich mich zu meiner Tochter, krieche unter das Netz und entkomme den Mücken. Bald schon gleite ich in einen tiefen, traumreichen Schlaf.

Am nächsten Morgen holt mich Domingo ab. Ein Mexikaner, der Geschichten liebt – aus dem Dorf, von seiner Familie, von sich selbst. Jeder Mensch trägt kostbare Geschichten in sich. In vielen Kulturen wurden sie über Generationen hinweg mündlich weitergegeben. Dabei spielt es kaum eine Rolle, was wissenschaftlich belegbar ist – entscheidend ist, dass diese Erzählungen Bedeutung haben. Für jene, die zuhören, die daraus lernen, sich erinnern, sich weitertragen lassen. Ich schreibe die Geschichten, die mir Menschen anvertrauen, regelmäßig in mein Tagebuch. Niemand kann mir diese Erinnerungen nehmen. Sie sind ein unbezahlbares Geschenk meiner Reise. Mit Domingo wandere ich die holprige Straße entlang, die zur archäologischen Stätte führt. Zu beiden Seiten dichter, undurchdringlicher Busch. Ab und zu weichen wir überfahrenen Schlangen aus – hier gibt es viele von ihnen. In der Ferne rufen die Brüllaffen. Die Natur umgibt uns, ungestört und wild. Kein Verkehr, kein Auto weit und breit. Unterwegs machen wir Pause. Die Kleine planscht vergnügt in ihren Unterhosen im klaren Wasserbecken des Flusses, während ich mich unter einen kleinen Wasserfall setze. Kühle Tropfen rieseln über meinen heißen Körper. Einfach nur da sein.

Später, als Yuri nicht mehr weitergehen will, nehme ich sie auf den Rücken. „Komm, wir gehen wieder Treppen steigen", flüstere ich ihr zu. „Du liebst das doch. Weißt du noch, wie viele Stufen wir beim letzten Mal gezählt haben?" Ihre Augen beginnen zu leuchten. Gemeinsam steigen wir Stufe um Stufe hinauf zu den imposanten Tempeln der Maya. Viele sind noch immer vom Grün überwuchert, als hätte die Natur sie zurückerobert. Nur ein kleiner Teil der alten Monumente ist bisher freigelegt. „Wie haben die Menschen hier wohl gelebt – mitten in der Wildnis, umgeben von gefährlichen Tieren, der sengenden Hitze, dem dichten Dschungel?" Kaum Touristen verirren sich zu dieser Zeit an diesen Ort. In aller Ruhe wandern wir durch die Ruinen, betrachten verblichene Inschriften. Ich lasse meiner Fantasie freien Lauf, sehe das Leben, das hier einst pulsierte, eingebettet in das große Gewebe des Kontinents. „Lass uns zählen", sage ich zu ihr. Und sie zählt – Schritt für Schritt, Zahl für Zahl, mit wachsender Begeisterung.

Am späten Nachmittag kehren wir in unsere Strohhütte zurück. Yuri fällt sofort ins Bett, während ich unter der kalten Dusche den Schweiß abwasche. Braune Striemen vermischen sich mit dem Wasser. Die Straßen hier bestehen aus festgestampftem Erdboden. Bei Wind wirbelt der Staub auf – zusammen mit Müll, der von der Trockenheit getragen wird.

Abends gehen wir zum Nachbarhostal, wo ein kleines Restaurant einfache Speisen anbietet. Tortillas, Bohnen, Salat. Einige Spanier setzen sich zu uns, bald entsteht eine ausgelassene Runde. Jeder erzählt, was ihn bewegt, was ihn beim Reisen antreibt. Wir sitzen um ein rauchendes Feuer, das die Mücken fernhält, und teilen unsere Geschichten – manche niedergeschrieben, die meisten einfach erlebt. Geschichten, die sich tief in die Seele graben, die prägen, verändern, verbinden. Zwischen Tipps über

Buspreise, günstige Hostals und Gesundheitszentren interessieren mich am meisten die persönlichen Geschichten. Ich höre begierig zu, nehme die subjektive Wahrnehmung auf. Reisegeschichten als Mosaikstücke der Welt.

Auf dem Heimweg ist es dunkel. Ich achte genau auf die Bewegungen der Schlangen. Der Sternenhimmel wölbt sich über uns, der Mond weist mir den Weg über die unebene Straße. Meine Tochter schläft in meinen Armen. Ich bin erfüllt – von den Erlebnissen des Tages, den Gesprächen, meinen Gedanken. Heute schreibe ich nichts mehr. Ich befestige das Moskitonetz, schlüpfe darunter, stopfe den restlichen Polyester unter die Matratze. Sie liegt eng an mich gekuschelt in meiner Bauchhöhle – so wie immer. Auch wenn es nicht heiß ist, schwitzt sie. Ihre Kopfhaut ist mit Schorf bedeckt, auf dem Rücken bilden sich kleine Hitzepickel. „Ich muss ihr Olivenöl besorgen", denke ich noch, bevor ich einschlafe.

Am nächsten Morgen sitze ich stirnrunzelnd über meiner Buchhaltung, die ich alle paar Tage im Tagebuch notiere. Frühstück: 60 Pesos. Das Abendessen gestern war zu teuer: 108 Pesos. Busticket: 75 Pesos. Yuri sitzt in Bussen immer auf meinem Schoß, damit wir nur einen Platz bezahlen müssen. Komfortabel ist das nicht – aber notwendig. Mehr kann ich für die Fahrten nicht zurücklegen.

Obwohl ich die Zahlen ständig im Kopf habe, weiß ich: Bald muss ich zurück. Zurück in den Alltag. Dann beginnt wieder der Kampf: Wer passt auf Yuri auf? Ich werde sie müde zu den Großeltern oder zur Tagesmutter bringen, schnell das Mittagessen einpacken, mich zur Arbeit beeilen. Davor graut mir. Doch noch ist es nicht so weit. Vielleicht finde ich in Ecuador einen Job, bevor wir zurückfliegen. „Vielleicht kann ich noch etwas verdienen", denke ich, während ich die letzten Zahlen notiere.

Es ist Zeit zu gehen. Während ich packe, spielt Yuri vor der knarrenden Holztür mit Sand, Steinchen und kleinen Tieren. Der Rucksack darf nicht zu schwer sein – ich muss jederzeit bereit sein, sie zu tragen, wenn sie nicht mehr weiterwill oder einschläft. Darin bin ich mittlerweile geübt. Ein paar Kekse, Wasser, Früchte, Windeln – und natürlich ihr Bär. Noch wurde er nicht gestohlen. Er sieht inzwischen schmutzig und abgenutzt aus. Wahrscheinlich hält ihn niemand für begehrenswert – außer meiner Tochter. Ich lächle.

Die Fahrt erfordert Kraft. Ich stütze meine schlafende Tochter, damit ihr Kopf nicht gegen das Fenster schlägt. Der Bus rast mit beängstigender Geschwindigkeit durch die Kurven der Bergstraße. Fünf Stunden lang sausen wir über die holprige Strecke. Zum Glück schläft sie weiter. Wäre sie wach, hätte sie sich wohl längst übergeben. Klopapier und Plastiktüten habe ich griffbereit – wie immer. Endlich steigen wir aus – in einem Städtchen auf über 2000 Metern Höhe, umgeben von Nadel- und Nebelwäldern. Ich blicke mich um. „Der Kolonialismus hatte zumindest eine Sache im Griff", denke ich, als ich die Architektur betrachte. Die Spanier wussten zu bauen. Im Hotel Jovel finden wir eine saubere, günstige Unterkunft. Nur 60 Pesos. Es wird von einer freundlichen indigenen Familie geführt. Der Innenhof ist umgeben von Säulengängen, bepflanzt, mit einem plätschernden Brunnen. Meine Tochter ist begeistert. Sie pflückt Blumen, bindet Sträuße, bittet mich, ihr kleine Blumenkronen zu flechten, wie so oft. In den kommenden Tagen lassen wir uns treiben – kosten uns durch die Märkte, besuchen Museen, setzen uns auf die Bank vor der Kathedrale. Yuri rennt kreischend den gurrenden Tauben hinterher. Abends, zurück in der

Unterkunft, lasse ich meine Fragen von der Gastfamilie beantworten. Es fühlt sich gut an, einfach im Hier zu sein. Im Jetzt. Und auch wenn das Reisen oft herausfordernd ist – ich weiß: Diese Zeit wird für immer in meinem Herzen bleiben.

Letzter Eintrag in Mexiko – 21. Dezember:

«Zwei indigene Dörfer haben sich tief in mein Gedächtnis gegraben – jedes auf seine Weise ein Fenster in eine Welt, die zugleich fern und vertraut ist. Ich schreibe sie auf, damit ich sie nicht vergesse.

Erstes Dorf

Der Boden der Dorfkirche ist bedeckt mit frischen Okotezweigen, die jeden Tag erneuert werden – als wolle man den Atem der Natur im Inneren der Kirche bewahren. Vorn hängt die gewohnte, blutende Jesusstatue vom Kreuz, doch unten, in der Mitte, sitzt ein Schamane auf dem Boden, während sich ganze Familienclans um ihn gruppieren. Zwischen ihnen flackern Kerzen auf der Erde, und selbst Schafe treten ehrfürchtig über die Schwelle in die Kapelle – heilig sind sie, da Johannes der Täufer, Schutzpatron der Ortschaft, ein Schaf trägt. Wenn es stirbt, bekommt es eine angemessene Beerdigung. Einzig die Wolle wird verwertet. Das „Gotteshaus" zeigt exemplarisch die kulturelle Zerrissenheit der Maya zwischen Traditionen und dem Einfluss der kolonialistischen Religionen.

Vor dem Schamanen liegen symbolträchtige Dinge:
• Ein Ei – die Wurzel des Neugeborenen, das Versprechen eines Anfangs. Reinigung von schlechten Energien.
• Ein Kreuz – als Licht, als Zeichen des Dankes.
• Ein Huhn – das Pulsierende, das Lebendige. Das Blut wird manchmal eingerieben. Dieses Ritual wird auch der Reinigung zugeschrieben.
• „Pox", Schnaps – er beruhigt. Und verspricht Kontakt mit den Göttern.
• Cola – ein Schutzschild gegen Hexerei, erfrischend und stärkend. Reinigend.

An den Wänden hängen Heilige, auferlegt von den Spaniern, doch mit Spiegeln auf der Brust. Wer hineinblickt, sieht sich selbst – als Prüfung gegen Lüge und Erinnerung an den eigenen Wunsch. Die Spiegel erinnern mich an jene, die einst auf den Gewändern der Inka leuchteten. Wenn ein Heiliger seine Kraft verliert, wird er gewechselt.

In der Kuppel, hoch oben unter dem Dach, zeigen sich Tiere wie aus einer Traumwelt:
• Tiger und Löwe – doppelte Stärke.
• Adler – der Blick von oben, der Überblick.
• Stier – Hüter des Raumes.

Copal liegt schwer in der Luft, klärt, heilt. Glaube wird hier nicht gepredigt, sondern geatmet – ein Geflecht aus alten Ritualen, kolonialen Überlagerungen und einer lebendigen Verbindung zur unsichtbaren Welt.

Auch der Tod ist hier Teil des Kreislaufs. Auf dem Friedhof deuten weiße Kreuze auf verstorbene Kinder hin, braune auf junge Erwachsene, schwarze auf die Alten. Beerdigt wird in Tracht, mit einer Flasche „Pox" und Cola – als Reiseproviant für das Jenseits. Fotografieren sei gefährlich, sagt man – zu leicht raube die Kamera die Seele. Wer fotografiert, kann auch schon mal für ein paar Stunden das Dorfgefängnis von innen sehen. Die Sprache, die sie hier sprechen, ist Tzotzil.

Zweites Dorf

Ein anderes Bild. Die Kirche am Dorfplatz ist katholisch, wie aus einem kolonialen Lehrbuch. Doch die Menschen sind offen, lassen Lehrkräfte von außerhalb zu, unterrichten Spanisch in der Schule und ihre indigene Sprache zu Hause. Die Kinder drängen sich nicht mit Verkaufswaren an uns heran – stattdessen tragen sie bunte, leuchtende Kleidung, gewebt in feiner Handarbeit. Die Gesellschaft ist matriarchal geprägt – eine bemerkenswerte Ausnahme im mexikanischen Kontext.

Eine Mutter reicht uns frische Tortillas, über dem Feuer gebacken. Wir bestreichen sie mit säuerlichem Käse und Bohnen. Lecker! Yuri beobachtet fasziniert ein fünfjähriges Mädchen, das bereits mit geschickten Händen am Webstuhl sitzt – als sei die Kunst des Webens in ihre kleinen Finger hineingeboren. Morgen geht es weiter nach Guatemala…

Sieben Mal müssen wir umsteigen, bevor wir endlich den See erreichen – eingebettet zwischen hohen, stillen Vulkanen, wie ein Spiegel zwischen den Gipfeln. Ich schreibe zurzeit kaum Tagebucheinträge, nur stichwortartig, und doch füllt sich jeder Tag mit Bildern.

Wir lernen eine Deutsche kennen und verbringen einige Tage mit ihr. Sie ist Journalistin, lebt aber von ihren Reiseeinträgen gerade so, dass es zum Überleben reicht. Gemeinsam unternehmen wir eine Bootstour auf dem See. Die Wolken spiegeln sich auf der Wasseroberfläche. Auf dem einheimischen Markt kaufen wir Weihnachtsgeschenke und geben sie in der Post auf – für unsere Familie. Hoffentlich kommen sie an. Einige Kleidungsstücke muss ich für Yuri besorgen. Sie wächst schnell. Oft wandern wir zu zweien die schmalen Pfade oberhalb des Sees entlang. Die frische Luft durchlüftet Lunge und Herz zugleich. Hin und wieder begegnen wir großen Mayafamilien. Nur die Guerilla – sie bleibt ein dunkler Hauch, der über diesem idyllischen Ort liegt. Und dennoch: Es gibt so viel Schönheit hier.

Die Straße nach Antigua ist holprig, die Busse bis auf den letzten Platz gefüllt – mit Waren, Babys und Geschichten. Irgendwann halte ich für einen flüchtigen Moment sogar ein Huhn auf dem Schoß. Eine rundliche, indigene Frau drückt es mir einfach in die Arme, weil es nirgendwo anders Platz findet. Dank Yuri gehören wir für einen Augenblick dazu. Kinder – sie bauen Brücken, wo Herkunft trennt. Sie bringen Menschen einander näher, fast mühelos.

Bei unserer Ankunft wechsle ich Geld – aufmerksam. Nicht jeder hier geht sorgsam mit Zahlen um, wenn man es freundlich formulieren möchte. Und manche können schlicht nicht zählen – nicht aus Absicht, sondern weil ihnen die Schulbildung fehlt. Wir verbringen ein paar ruhigere Tage. „Die Stadt hat sich verändert", sagt ein Taxifahrer. „Aber sie hat ihre Aura behalten." Und tatsächlich: Die bunten Häuser, das Kopfsteinpflaster, die Vulkane, die wachsam über allem thronen – all das wirkt noch immer zeitlos, als würde hier die Geschichte in einem anderen Takt atmen. Yuri bekommt einen bunten Rock. Isst mit strahlenden Augen ihr geliebtes „Chuchito", mit Fleisch und Tomaten in Maisblättern gewickelt. Auch Pepián, der traditionelle Hühncheneintopf, schmeckt ihr. Die guatemaltekische Küche ist sanfter als die mexikanische – mehr Eintöpfe, weniger Schärfe. Die engen gepflasterten Sträßchen, die niedrigen, bunten Häuser mit ihren Holzbalkonen, die alten Klöster und Kirchen – ich mag diese Stadt. Sie hat etwas, das mich berührt. Ein weiteres Wahrzeichen der Stadt – neben den allgegenwärtigen Vulkanen – ist der Bogen von Santa Catalina. Einst nutzten ihn die Nonnen, um von einem Klostergebäude zum anderen zu gelangen, ohne auf der Straße gesehen zu werden.

Der Abschied fällt mir nicht ganz leicht, doch Yuri und ich steigen in den Bus Richtung Hauptstadt. Hauptstädte zählen selten zu den schönsten Orten der Welt. Es folgt ein kleiner Marathontrip: Wir besuchen einen alten Bekannten vom Roten Kreuz, durchqueren die Stadt von Zone 1 bis Zone 10 – und wieder zurück, auf der Suche nach einem funktionierenden Geldautomaten. Erst in Zone 9 werden wir fündig. Die Luft ist schwer von Abgasen und Smog, die lauten Busse machen das Atmen zusätzlich mühsam. Umso erleichterter bin ich, als wir endlich im Bus nach Flores sitzen.

Wir sind auf dem Weg nach Tikal. Wieder eine archäologische Stätte mehr – und doch kann ich nicht genug bekommen. Obwohl mich zurzeit eine Darmgrippe plagt, will ich ankommen an diesem Ort, dessen Bilder mich schon jetzt in ihren Bann ziehen. Inka-, Azteken- und Mayakulturen – sie alle prägten Mittel- und Südamerika lange vor der Ankunft von Christoph Kolumbus. Hochstehende Zivilisationen, mit mehr Wissen als die später eintreffenden Kolonialherren. Als in Europa kaum jemand den Begriff „Stadt" kannte, lebten hier bereits zehntausende Menschen in Siedlungen wie dieser. Maya – die Bewohner von Tikal. In ihrer Blütezeit soll die Stadt fast 100.000 Menschen beherbergt haben. Dann versank sie plötzlich. Aus ungeklärten Gründen wurde sie verlassen. Seither hat sich El Petén, die tropische Waldlandschaft, über die gewaltigen Pyramiden und Gebäude gelegt – bis die Stadt fast verschwunden war.

Während unseres Besuchs umfängt mich eine Atmosphäre aus Geheimnis und Geschichte – eine verschlungene Welt, die noch immer nicht vollständig erforscht ist. Pyramiden ragen aus dem dampfenden Grün wie versteinertes Gedenken, starr und den Zeiten trotzend. Um sie herum das Leben: kreischende Brüllaffen, das Krächzen von Papageien. Wenn Bäume sprechen könnten...

Geografisch befinden wir uns im Herzen der Maya-Welt. Wieder steigen wir Stufen hinauf. Yuri zählt mit – langsam, Stufe für Stufe, steil hinauf, bis wir oben angekommen sind und mit einem verwunschenen Ausblick auf den endlosen Wald beschenkt werden. Ein Wald, der zur Zeit der Maya gerodet, in Mais- und Bohnenfelder verwandelt wurde – und der sich nach dem Untergang der Stadt seine Welt Stück für Stück zurückeroberte.

Reisen ist ein Abtasten vergessener Konturen, vergangener Geschichten, gegenwärtiger Begegnungen. Ich lasse mich treiben.

# FREIHEIT IM GEPÄCK

*„Warte nicht darauf, dass die Menschen dich
anlächeln. Zeige ihnen, wie es geht!"*

*Pippi Langstrumpf*

Belize

Bevor wir in Gelassenheit eintauchen, müssen wir erst durch das Grenzchaos von Belize. Früh morgens, um fünf Uhr, rumpeln wir aus Belize City los. Die bürokratischen Hürden rauben mir Nerven und Zeit: Auf einmal heißt es, wir bräuchten ein Visum. Ein seltener Moment für uns, die wir das Privileg haben, mühelos Grenzen zu überqueren. Und dennoch, zwischen all dem Papierkrieg, blitzt Wärme auf. Ein Lächeln hier, ein freundliches Wort da. Die Menschen in Belize – sie machen den Unterschied. Dann endlich die Überfahrt. Der erste Blick auf das flache Eiland mit den bunten Häuschen und dem ewigen Wind, seinem kreolischen Essen und Kultur.

„Keine Zeit, keine Uhr, kein Wagen, kein Stress – überall ein freundliches ,Hey'." Diesen Satz schreibe ich in mein Tagebuch, als wir endlich auf der Insel ankommen. Die Tage in diesem Inselparadies beginnen. Kein Takt, kein Muss, kein Ziel – nur das Meer, der Wind, das Licht. Ein Ort, an dem wir einfach sein können.

„Hier hat der starke Hurrikan vor einem Monat große Zerstörung angerichtet", notiere ich in mein Tagebuch. Palmen, die einst Schatten warfen, sind verschwunden. Die typischen Holzhäuser – viele stehen nur noch als Gerippe. Und trotzdem: Die Herzlichkeit bleibt. Jeder grüßt, jeder hilft, jeder lacht.

Yuri findet rasch einen Freund – einen aufgeweckten Jungen, Sohn eines Europäers, der seit Jahren hier lebt. Die beiden tollen durch die sandigen Gassen, bauen Burgen, jagen dem Wind nach. „Die Zeit vergeht wie im Flug", schreibe ich weiter. Reggae-Musik dröhnt aus den Baracken, vibrierend, lebendig. Die Lebensfreude der Inselbewohner hat sich nicht unterkriegen lassen – nicht einmal von Naturkatastrophen.

Wir genießen das einfache, köstliche Essen, das die dicke Mama aus unserer bescheidenen Unterkunft aufträgt. Vom Balkon aus öffnet sich der Blick auf das endlose Blau der Karibik. Der Himmel: klar, wolkenlos. Der Sand: weiß, fast leuchtend im Kontrast zum türkisfarbenen Meer. Und dann ist da wieder dieser knarrende Schaukelstuhl – mein stiller Rückzugsort, in dem ich all das in Ruhe auf mich wirken lasse.

All das schenkt uns Erholung. Von den Strapazen der öffentlichen Busmanöver, von dem Ruckeln und Schwitzen, dem unaufhörlichen Weiterziehen. Hier dürfen wir bleiben, für einen Moment.

Der Regen auf dem Rückweg vom Boot durchnässt uns bis auf die Unterwäsche, aber es stört mich kaum. Eine freundliche Amerikanerin reicht uns ihr Frotteehandtuch. Ich sehe meine Tochter lachen. Der Regen wird nebensächlich.

Die Weiterreise auf dem Festland verläuft weniger sanft. „Natürlich verpasse ich den Expressbus", schreibe ich. Also wieder ein klappriger Rumpelbus, von Dorf zu Dorf. Staubige Straßen, enge Sitze, ruckelnde Stunden.

Doch durch das verschmutzte Fenster sehe ich das bunte Leben Mexikos: Kinder, die auf den Straßen spielen, Frauen, die lächeln. Farben, Stimmen. Ein Chaos, das leuchtet.

Als wir abends in Tulum ankommen, geht gerade die Sonne leuchtend unter. Ich weiß, wir sind fast am Ende unserer Reise. Ich öffne die Brettertür unserer kleinen Hütte, die wir fast kostenlos mieten dürfen. Draußen liegt das Meer – türkis, weit, ruhig. Meine Tochter setzt sich sofort in den Sand. „Na, was baust du da, mein Schatz?", frage ich. „Burg und Treppen, Mami. Viele Treppen." Ich muss lachen. Und denke, dass genau solche Momente sie eines Tages tragen werden.

Sonne und Regen wechseln sich ab. Wir essen fast täglich bei Don Armando – eine kleine Garküche mit wackeligen Plastikstühlen und dem besten Essen der Welt. Gabriel, der Besitzer, beeindruckt mich. Ein einfacher Mann, der in den Tag hineinlebt, mit der Flut und der Ebbe, mit dem Licht und der Ruhe. Wir sprechen viel. Seine Sicht auf die Welt ist einfach und ohne jegliche Übertreibung. Ich finde hier wieder einmal Einfachheit. Echtheit. Frieden. Die Zeit wird weich. Keine Pläne mehr, kein Ziehen in mir. Nur noch Sein. „Es ist ruhig in Tulum. Wir beide sind ruhig in der Seele, zufrieden im Sein." So endet mein letzter Tagebucheintrag.

# DIE WELT ALS FAMILIE

*"Nicht alle von uns können große Dinge tun.*
*Aber wir können kleine Dinge mit großer*
*Liebe tun."*

*Mutter Theresa*

Ecuador
Wie lässt sich Ecuador in einem einzigen Satz beschreiben? Es geht nicht. Nicht alles lässt sich in Worte fassen. Manche Dinge entziehen sich der Sprache, weil es keine Begriffe dafür gibt. Deshalb eine Umschreibung.

Die Menschen: neugierig, herzlich, offen, gastfreundlich.

Das Land: die zweithöchste Hauptstadt der Welt – und die größte Vielfalt auf kleinstem Raum.

Die Sprache: ein Klang voller Verkleinerungsformen, durchzogen von Quechua. Sogar Gott wird verniedlicht: „Si diosito quiere …"Eine Uhrzeit? Nur eine vage Idee. Um sechs eingeladen, um acht angekommen – und noch niemand da. Das gilt auch für Hochzeiten. „Ya mismo", „mañana"– das kann in zwei Minuten sein. Oder heute. Vielleicht morgen. Oder nie. Zeit wird hier nicht gemessen. Sie wird gelebt. Also lernt man, sich anders einzustellen. Flexibler. Erwartungsloser. Vielleicht auch: umsichtiger.

Eine Aussage? Kann stimmen. Vielleicht auch nicht. Bleib gelassen, wenn sie sich in Luft auflöst. Versprechen sind hier oft eher Wünsche –

und Wünsche, die verfliegen, nimmt der Wind mit. Nimm es hin. Mit einem Lächeln.

„Ecuadorianismus"? Ja, überall. Seit Correa an der Macht war, ist das Nationalbewusstsein gewachsen. Und doch: Der Traum, eines Tages in Miami oder Nueva York zu leben, bleibt lebendig. Malls werden gebaut – kühl, glänzend, voller Versprechen. Sonntags streifen Menschen hindurch, ohne Geld in der Tasche. Nicht, um einzukaufen. Nur, um für einen Moment zu fühlen, wie es sein könnte.

Und dann gibt es natürlich auch sie: die Reichen. Die, die nicht träumen müssen.

Ein Land der Gegensätze. Brutale Bandenkriege, Blut auf den Straßen. Und sonntags? Da trägt man Hemd und Anstand, geht mit Mamita in die Kirche. Der Priester hebt die Hand zum Segen, die Sünden sind vergeben. Ein Vaterunser später ist die Weste wieder weiß. Und wenn am Montag geschossen wird, dann eben mit reinem Gewissen.

*„Sin sombrero no soy nadie."– Ohne Hut bin ich niemand.*

*Unbekannt*

Jede Gemeinschaft hat ihren eigenen. Ein Symbol. Eine Geschichte. Eine Zugehörigkeit. Respekt vor Älteren wird großgeschrieben. Selbst innerhalb der Familie braucht es das „Usted". Ecuador ist ein Mosaik – aus tief verwurzelter Tradition und dem Drang zur Moderne. In Quito und Cuenca herrschen noch immer die alteingesessenen Familien – fast wie einst der Adel Europas. Die Küste, der Oriente – sie leben leichter, freier, ungebundener.

Eifersucht? Allgegenwärtig.

Verhandeln? Selbstverständlich – auf dem Markt, im Taxi, im Alltag.

*„Lloré porque no tenía zapatos, hasta que vi un niño que no tenía pies."*

*Ich weinte, weil ich keine Schuhe hatte – bis*
*ich ein Kind sah, das keine Füße hatte.*

*Oswaldo Guayasamín*

Ecuador wird zu meiner Heimat – ein kleines Land voller Kontraste und Extreme. Morgens könnte ich an der Pazifikküste frühstücken, mittags zu Füßen des Chimborazo in den Anden essen – jenem gewaltigen Riesen, der sich 6.310 Meter in den Himmel reckt – und abends im Amazonasbecken am Ufer des Río Napo unter mein Moskitonetz schlüpfen. Ein Fluss, der mich bis in den Atlantik tragen könnte. Und wenn dann noch etwas Geld übrigbliebe, wären die Galápagos-Inseln vielleicht unser nächstes Ziel.

Die Menschen in diesem Land sind so vielfältig wie die Geografie, die sie umgibt.

Andenvölker in Ecuador, Peru und Bolivien – verbunden durch Geschichte, getrennt durch Höhenmeter, Stolz und, wieder einmal: unsichtbare Grenzen. Von der afroamerikanischen Kultur an der Küste Esmeraldas und im abgelegenen Valle del Chota, über die farbenfrohen Otavaleños, bis hin zu den Huaoranis – jenem indigenen Volk, dessen letzte Untergruppe jegliche Berührung mit der Außenwelt verweigert.

Hier begegnet man einer Vielfalt an Geschichten, Erinnerungen, Mentalitäten – einer Tiefe, wie sie nur wenige Länder dieser Erde auf so kleinem Raum zu erzählen wissen.

Korruption, Reichtum, Armut. Drei Worte, die mich in den ersten Wochen nicht mehr loslassen.

Ich könnte unzählige traurige Geschichten erzählen. Aber wozu? Was würde sich ändern? Vielleicht ein kurzer Artikel in einer Zeitung. Ein Moment der Betroffenheit. Man bräuchte einen starken Kaffee dazu. Und ein Stück Schokolade – die übrigens genauso gut von hier stammen könnte.

Dann kehrt man zurück in seinen gewohnten Takt.

Wir sind betroffen. Kurz. Intensiv. Und dann … vergessen wir. Wahrscheinlich auch ein klein wenig aus Selbstschutz.

Frühmorgens nehme ich mit Yuri den Zug von Riobamba zur legendären „Teufelsnase". Wir sitzen oben auf dem Dach des Zuges und lassen unseren Blick über die dramatische Andenlandschaft schweifen. Auf den Feldern arbeiten bunt gekleidete Menschen, beugen sich tief über die steinharte Erde, stemmen sich mit einfachen Werkzeugen gegen die Schwere des Bodens. An anderen Stellen wird mit der Sense geerntet. Die Terrassenfelder, die sich an die Hänge schmiegen, sind uralt – eine Technik der Inka, vielleicht noch älter. Chochos, Habas, Mais, Roggen – sie wachsen trotz der kargen Höhenlage und färben die Landschaft in allen Schattierungen von Grün.

Neben mir sitzen Frauen, Kinder, Männer, in dicken Ponchos gehüllt. Sie sind unterwegs zu Verwandten. Wir kommen ins Gespräch, ihr Lachen ist warm, offen, einladend.

Später stehen wir auf der Ladefläche eines Pick-ups – für Yuri der Höhepunkt jeder Reise. Sie liebt den Fahrtwind, der ihr ins Gesicht peitscht. Mit leuchtenden Augen reckt sie das Gesicht gegen den Himmel, das Haar flattert wild, die Wangen sind rot von der Kälte – wie die der Kinder, die kreischend hinter dem Wagen herlaufen, barfuß auf der holprigen Erdstraße, bettelnd.

Die Männer auf der Ladefläche sind Bauern. Sie fragen nach der Milchleistung unserer Kühe in Europa, nach dem Alter der Tiere, der Größe des Viehbestands. Als ich erwähne, dass bei uns auch Pferdefleisch gegessen wird, reagieren sie fassungslos. Ich erkläre, dass für uns der Verzehr von Meerschweinchen ähnlich fremd wirkt. Sie lachen ungläubig.

Ich habe mir einiges an Wissen über Nutztiere angelesen – es hilft mir, mit diesen Männern ins Gespräch zu kommen. Ihre wettergegerbten Gesichter, ihre rauen, rissigen Hände sprechen von einem Leben, das in harter Arbeit wurzelt.

Für eine Weile finde ich Arbeit bei einer regionalen Entwicklungsorganisation, gemeinsam mit indigenen Gemeinden. Ein winziges Zimmer, vollgestopft mit den Möbeln und dem Kram des Vermieters, wird unser neues Zuhause. Ich richte es sofort ein – mit Fotos, Spielzeug, den vertrauten Dingen, die Yuri liebt –, mein Ritual, wenn wir länger an einem Ort bleiben. Yuri beobachtet mich dabei mit wachsamen Augen und kommentiert jede Veränderung. Die Familie, bei der wir wohnen, hat einen Sohn, der morgens Colada trinkt. Auch Yuri bekommt eine – sehr zu ihrer Freude. Mit wohlig gefülltem Bauch spazieren wir durch die klirrend kalte Morgenluft zum Büro. Unser Atem tanzt in kleinen Rauchwolken dem Himmel entgegen, während der majestätische Cotopaxi in der Ferne auftaucht – ein stiller Riese, der uns begrüßt.

Ich arbeite mit fünf Männern aus den umliegenden Dörfern und zwei Frauen zusammen. Einer der Männer ist ein angesehenes Dorfoberhaupt – wortkarg, wachsam, mit einem Blick, der jahrzehntelange Erfahrung verrät. Langsam beginne ich, Quichua zu lernen, um mich besser mit ihnen verständigen zu können – oder wenigstens ihre Witze zu verstehen, die sie sich pausenlos in ihrer Sprache zuflüstern. Es braucht Zeit, bis ich ihr Vertrauen gewinne. Die Menschen in den Anden sind zurückhaltender. Doch wenn man ihnen mit Respekt begegnet, geduldig ist, zuhört und sie entscheiden dürfen, ob sie einen mögen – dann öffnen sie sich, auch einer Frau gegenüber.

Yuri erobert ihre Herzen im Sturm. Täglich landen mehr Süßigkeiten auf unserem Schreibtisch – sehr zu meinem Leidwesen, denn das tägliche Zähneputzen ist nach wie vor ein kleines Drama. Wenn ihr nach ein paar Stunden Büroarbeit langweilig wird, spazieren wir zum Dorfplatz hinunter. Dort thront eine kitschig verzierte katholische Kirche – überladen mit goldenen Requisiten, staubigen Heiligenfiguren, andächtig, düster. Das echte Gold – das nahmen die Spanier. Oder es wurde, so erzählt man sich, von Rumiñahui vergraben, nachdem Atahualpa getötet worden war. Bis heute weiß niemand, wo es liegt.

Doch an Gold mangelt es Ecuador nicht – nur ist es oft illegal gewonnen, aus tiefen Schächten in entlegenen Bergen. Illegal. Zum Leidwesen der Anwohner.

Zum Inti Raymi – dem Sonnenfest – holen mich meine Kollegen eines Morgens gemeinsam mit Yuri im Pick-up ab. Wir fahren hoch in die Anden, dorthin, wo die Festlichkeiten ihren Ursprung haben. Ein farbenfrohes Durcheinander empfängt uns – Tänze, Musik, dampfende

Töpfe voller Speisen, lachende Gesichter. Die Luft ist dünn, aber voller Leben.

Zum Abschluss fahren wir ins Hauptdorf der Gegend, wo sogar der amtierende Präsident des Landes unter den Gästen ist. Ecuador hat eine wechselhafte politische Geschichte – der kürzeste Präsident war gerade einmal 24 Stunden im Amt. Niemand scheint sich darüber zu wundern. An unserem freien Tag unternehmen Yuri und ich eine kleine Wanderung entlang alter Eisenbahnschienen. Der Pfad schlängelt sich durch weite Felder, in der Ferne zeichnen sich die ewigen Vulkane gegen den Horizont ab. Schließlich erreichen wir die historische Hacienda – würdevoll, weißgetüncht, umrahmt von alten Bäumen. Viele berühmte Persönlichkeiten sollen hier genächtigt haben, darunter Alexander von Humboldt. In seinem Tagebuch schreibt er:

*„Gleichzeitig sieht man den kolossalen Vulkan Cotopaxi, die titanischen Gipfel der Ilinizas und die schneebedeckte Quilindaña. Es ist einer der majestätischsten und bedeutendsten Anblicke, die ich in beiden Hemisphären gesehen habe."*

Der Glanz der Kolonialzeit ist noch immer spürbar – in jedem Stein, jedem Balken, jedem kunstvoll geschwungenen Torbogen. Die Hacienda wurde im 17. Jahrhundert erbaut und war einst das Herz der Cotopaxi-Provinz. Ihre Ländereien reichten vom südlichen Stadtrand Quitos bis fast nach Ambato. Ich stelle mir vor, wie die einstigen Besitzer hier lebten, ihre Kinder spielten, Feste gefeiert wurden, Entscheidungen getroffen. Die Mauern scheinen zu flüstern, und aus dem edlen, hölzernen Parkett steigen Geschichten empor. Ich liebe solche Orte, an denen die Zeit stillzustehen scheint und die Vergangenheit mit der Gegenwart verschmilzt. Wenn ich zurück in der Hauptstadt bin, werde ich mir ein Buch über diese Hacienda besorgen – ihre Geschichte lässt mich nicht mehr los.

Die Preise in der Gaststube sind entsprechend hoch. Ich bestelle einen Teller Luxusspaghetti für Yuri – und warte geduldig, bis sie satt ist.

Danach esse ich ihre Reste. Ich denke, viele Mütter müssen gar nicht mehr für sich selbst kochen. Sie essen einfach, was übrigbleibt.

Yuri schläft tief. Ich liege neben ihr, während meine Gedanken leise zurückgleiten. Erinnerungen steigen auf – an eine Verbindung, die nie einen festen Platz im Leben fand, aber immer wieder aufflackerte. Wie eine Flamme, die kurz aufleuchtet, nur um dann erneut im Wind zu verlöschen.

Wir tanzten – jedes Mal, wenn wir uns wieder begegneten. Für einen Abend, eine Aufführung, eine Nacht. Danach gingen wir wieder auseinander, jeder in seine Richtung. Ich blieb nie lange – und er auch nicht. Doch im Tanz waren wir eins. Bewegungen, die ineinander übergingen, ohne Worte. Ein Blick, ein Rhythmus, eine gemeinsame Choreografie aus Verlangen und Vertrauen.

Für ihn war es Beruf. Für mich war es Leidenschaft – tief verankert, verborgen, eine Sehnsucht, die nur in bestimmten Momenten an die Oberfläche drang. Der Tanz war unser Ort, unser stilles Einverständnis, frei von Versprechen.

Es war keine Liebe, wie man sie sich erträumt. Er war nicht treu, ich ließ mich nicht auf mehr ein. Wir machten unsere Wege – getrennt, bewusst. Und doch brachte uns etwas immer wieder zusammen. Nicht aus Hoffnung, sondern aus einem stillen Wissen: dass etwas zwischen uns lebte, wenn die Musik begann.

Der letzte Abschied kam leise. Ein letztes Telefonat.

„Heiratest du mich eines Tages?"

Ich stand in einer Telefonkabine, Yuri an der Hand, das Leben im Rücken. Ich musste lächeln, hörte seine Stimme, sah sein Gesicht vor mir.

„Ja, irgendwann. Wenn du keine Frauen mehr findest."

Er lachte. Ich auch.

„Mach's gut, mein Freund. Unser Tanz war schön. Jetzt ist er vorbei."

„Pass auf dich auf, Freundin."

Doch noch einmal tanzten wir. Kein grelles Licht, keine Musik. Nur ein letzter, stiller Tanz, inmitten der Erinnerung. Keine Bühne, keine Zukunft, aber ein Moment, der bleibt.

*No sé si eres mi única oportunidad para amar,*
*pero te amaré como si lo fueras.*

*No sé si traerás alegría o desdicha a mi corazón,*
*pero todas las emociones quiero vivirlas todas por ti.*
*No sé qué nos deparará el destino,*
*pero abriré todos los caminos.*
*Cualquiera de ellos me servirá si tú estás al final.*
*Quiero ser tu más bella historia,*
*lo más amado por ti.*
*Por eso te estoy amando.*

*Ich weiß nicht, ob du meine einzige Chance bist,*
*zu lieben,*
*aber ich werde dich so lieben, als wärst du es.*
*Ich weiß nicht, ob du Freude oder Leid in mein Herz bringen wirst,*
*aber all die Gefühle –*
*ich möchte sie alle für dich leben.*
*Ich weiß nicht, was das Schicksal bringen wird,*
*aber ich werde alle Wege öffnen.*
*Jeder von ihnen ist mir recht,*
*wenn du am Ende bist.*
*Ich will deine schönste Geschichte sein,*
*die von dir am meisten geliebte.*
*Deshalb liebe ich dich.*

Der Tanz war unsere Verbindung. Kein Versprechen, keine Zukunft – aber immer echt. In jedem Schritt, jedem Blick, jeder Bewegung lag eine Wahrheit, die blieb, auch wenn alles andere ging.

Es ist Zeit, Abschied zu nehmen – von der Familie mit dem Sohn, von der morgendlichen Colada und meinen indigenen Freunden. Noch einmal hebe ich den Blick zum schneebedeckten Koloss, der unbeirrbar über dem Städtchen wacht – stolz, still, ein Hüter der Zeit. Dann steige ich in den überfüllten, muffigen Bus, der mich weiter in den Süden des Landes tragen wird.

Yuri wird sich freuen, ihre Verwandten wiederzusehen, während mir die Aufgabe bleibt, das kleine, bescheidene Haus ein wenig heimischer zu machen – ein schlichtes Gemäuer aus rotem Ziegel und rohem Stein, errichtet aus dem, was zur Hand war, bedeckt von einem Blechdach, auf das der Regen hämmert, wenn der Himmel aufreißt. Ein Dach, das Schutz verspricht – wenn auch nur notdürftig. Der Bus rast mit atemloser Geschwindigkeit über holprige Straßen, schlingert durch enge Kurven, hinab aus dem rauen Andenklima, hinein in die feuchte Schwere der Küstenregion. Dann, plötzlich, liegt die Straße flach vor uns – wir haben die Nullmeterhöhe erreicht. Links und rechts der Straße breiten sich endlose Bananenstauden aus, Mango- und Brotfruchtbäume, dichte Bambuswälder, die sich über die Straße biegen und an manchen Stellen ein Dach formen.

Im Bus verdichtet sich die Luft, die Kleidung klebt, der Schweiß schimmert auf den braunen Gesichtern der „Indigenas" und Mestizen – hohe Wangenknochen, mandelförmige Augen, ein stiller Stolz in ihren Zügen. Bei jedem Halt auf der endlosen Straße steigen neue Passagiere zu: einige fast blond, andere dunkelhäutig – ein lebendiges Gemisch, so vielfältig wie Ecuador selbst.

„Mir ist heiß", jammert meine Kleine, eben erst aus dem Schlaf auf meinem Schoß erwacht. Ich ziehe ihr den feuchten Wollpullover aus, reiche ihr Wasser. Der Fernseher vorne über dem Fahrer zeigt brutale Szenen, flackernde Gewalt, Jean-Claude Van Damme als Held der Erschütterung. Bilder, die in den Staaten wohl zensiert wären. „Du legst dich wieder hin", sage ich streng, fast schroff, und lenke sie weg vom grellen Schrecken der Leinwand.

Es gibt keine Haltestellen. Ich muss aufmerksam sein, darf den richtigen Punkt zwischen den Bananenstauden nicht verpassen und den Fahrer rechtzeitig informieren, dass er halten soll. Schließlich ist es so weit. Ich hebe Yuri, schleppe das Gepäck über die breite Panamericana – jene Verbindung, die sich von Panama bis Chile zieht – und warte. Geduldig. Im Schatten einer heruntergekommenen Hütte. Auf einen Pickup, der uns weitertragen wird.

Endlich! Ich hebe Yuri mit einem Schwung auf die Ladefläche, das Gepäck folgt, und dann klettere ich über die prall gefüllten Säcke, in denen Orangen, Reis, Bananen und Yuca verstaut sind. Rumpelnd geht es weiter – viel zu schnell, über die mit Schlaglöchern übersäte Erdstraße. Dann, zwischen aufgewirbelter Erde und subtropischer Dämmerung, tauchen die ersten einfachen Hütten des Dorfes auf.

Die meisten Menschen leben hier in Armut – in wackeligen Holzbauten, ohne Strom, mit durchhängenden Dächern, die kaum mehr Schutz bieten als ein Blatt Papier im Regen. Doch dazwischen: Häuser mit glatten Fassaden, neuen Fenstern. Fremd wirken sie, herausgefallen aus dem Bild, errichtet von jenen, die für kanadische Minengesellschaften schuften oder sich in andere, undurchsichtige Geschäfte verstrickt haben. Geteerte Straßen gibt es keine. Nur die Hauptstraße – ein festgestampfter Erdweg, der bei jedem Windstoß schmutzigen Staub aufwirbelt. Am Straßenrand hängen die Überreste des Morgens an den Verkaufsständen: Rindfleisch, in der Hitze längst graubraun verfärbt, von Fliegen bedeckt, kopfüber baumelnde Hühner – reglos, als warteten sie noch darauf, verkauft und genüsslich verschlungen zu werden.

Zwei kleine Supermärkte – oder besser: größere Kioske – bieten alles an, was man sich vorstellen kann. Zwischen Spülmittel, Plastikspielzeug und schrumpeligen, braungrünen Salatköpfen stehen Medikamente, deren Verfallsdatum niemand mehr entziffern kann.

Hier gilt das Gesetz der Einwohner. Konflikte werden selbst geregelt – mit Worten oder Waffen. Die Polizei? Eher letzte Option.

„Hola, Hola!" Das ältere Paar tritt strahlend aus seinem Häuschen auf die Straße, als hätte es nur auf uns gewartet. Ihre Stimmen sind warm, ihre Augen leuchten, und aus der offenen Tür dringt der Duft von frisch gekochtem Reis und Hähnchen – würzig, vertraut, wie eine Umarmung nach einem langen Tag.

Unser letzter Halt lag weit zurück, nur ein schneller Teller an einer Raststätte, ein einfaches „Almuerzo". Nun steht die Sonne tief, färbt den Garten hinter dem Haus glutrot, taucht die Kakao- und Kaffeebäume, die Papayas, Zitronen, Orangen, Guaven und Bananenstauden in ein fast heiliges Licht.

„Du gehst aber zuerst Hände waschen", ermahne ich Yuri, die mit verstaubten Beinen und glänzenden Augen schon an dem Tisch mit den wackeligen Stühlen Platz nehmen will. Kurz darauf versammelt sich die Familie am gedeckten Tisch. Teller stehen bereit, das Besteck beschränkt sich auf Löffel – ordentlich gesammelt in einem Körbchen in der Mitte.

Der Vater – der Patriarch, der unangefochtene Mittelpunkt – kehrt von der Arbeit zurück, gefolgt von seinen Söhnen, die nach der Schule mit anpacken müssen. Ohne ein Wort, ohne einen Blick, lässt er sich auf dem besten Platz nieder – selbstverständlich. Die Mutter eilt herbei, stellt ihm den größten Happen Fleisch hin. Dann folgen die Gäste. Dann die Kinder. Und erst ganz am Ende, wenn alles verteilt ist, werden die Teller für die Mutter und ihre erwachsene Tochter gefüllt. Da es nicht genug Stühle gibt, setzt sich die Frau auf eine Bank neben den Herd, halb im Schatten, halb im Dampf der noch brodelnden Töpfe.

Es ist eine stille Ordnung, die niemand hinterfragt. Eine Hierarchie – in Stein gemeißelt. Ich spüre, wie sich etwas in mir sträubt. Also setze ich mich, der Tradition zum Trotz, neben sie auf die Bank. Es fällt mir schwer, dem Vater dabei zuzusehen, wie er mit bloßen Fingern genüsslich sein Hühnchen verspeist, bis nur noch die blanken Knochen auf dem Teller klappern. Dann steht er auf – ohne abzuräumen, ohne ein Wort. Die Reste bleiben liegen. Er verschwindet – als habe das Mahl mit seinem Abgang geendet.

Das Aufräumen bleibt an der Mutter hängen. Ihre Tochter hilft ihr – selbstverständlich. Ich stehe auf, seufzend, helfe beim Abwasch, ehe ich mich mit Yuri in die dunkle Hütte zurückziehe, die neben dem Hauptgebäude liegt.

„Schau, Mama, ein Tier!", ruft sie aufgeregt aus ihrem Zimmer – ein Raum ohne Tür, ohne Fensterglas. Glas wäre hier ohnehin nur hinderlich gewesen, in dieser Hitze.

Ich trete ein, gehe näher – und halte plötzlich den Atem an.

Der Raum ist kaum größer als das Bett, über dem ein rosa Moskitonetz hängt. An den Wänden ein paar Nägel, an denen Kleider baumeln.

Doch unter dem Bett schlängelt sich in träger Ruhe das Unvorstellbare. Eine Schlange.

Instinktiv reiße ich Yuri zurück, mein Herz hämmert gegen die Rippen. Ich kann diese Tiere einfach nicht ausstehen.

Rückwärts taste ich mich aus dem Raum, das Reptil nicht aus den Augen lassend. Dann wende ich mich ab und eile ins Hauptgebäude, um Hilfe zu holen. Allein werde ich dieses Tier nicht aus dem Haus bekommen.

Noch lange danach liegt mir die Aufregung wie ein Stein im Magen. Ich prüfe den Vorhang am eisenvergitterten Fenster immer wieder, kontrolliere, ob er wirklich fest verknotet ist – als könne das irgendeine Sicherheit bieten.

Schließlich lege ich mich ins Nebengemach – erschöpft, aber wach – und gleite irgendwann doch in einen Schlaf, der mich nur halb trägt.

Die Wochen verfließen im Rhythmus des Dorfes, im Takt seiner stillen Wiederholungen. Alles ist einfach. Und alles fordert uns. Früh am Morgen gehe ich mit Yuris Oma auf den Markt. Zweimal pro Woche strömen die Menschen aus den umliegenden Dörfern herbei, um Früchte, Gemüse, Fisch, Eier und Kräuter anzubieten. Doch wer zu spät kommt, findet nur noch das, was niemand wollte – verdorbene Ware, von der Hitze zerfallen, von Fliegen umschwärmt.

Nach dem Einkauf beginnt der nächste Abschnitt des Tages: das Putzen der Hütten. Mit Besen, Wasser und Bürste rücken wir den Insekten zu Leibe, denn die Ameisenarmeen und unzähligen anderen Krabbeltiere kennen keine Pause, keine Gnade. Sie kommen immer wieder – als wäre es ein Spiel. Ein nie endender Kreislauf, der uns jeden Tag neu herausfordert.

Ein schwarzer Kaffee. Ein Ei. Etwas trockenes Brot. Dann kehren der Vater und die Söhne vom Feld zurück, essen hastig ihren Reis mit Ei und verschwinden wieder. Auch wir machen uns auf den Weg – zum Fluss. Dort waschen wir Wäsche. Berge von Wäsche. Schwere Decken, die mir noch immer zu viel Kraft abverlangen. Ich schaffe es kaum, sie allein aus dem Wasser zu ziehen, geschweige denn, sie zu schrubben oder auszuwringen. Stunden verbringen wir im Fluss – das Wasser kühl, der Himmel weit, die Arbeit endlos.

Yuri spielt mit ihren Cousins. Lacht, tobt, rennt. Immer wieder ermahne ich sie, nicht zu nah an das dichte Grün am Ufer zu gehen, wo Schlangen lauern, Spinnen, Raupen – all das, was sich im Schatten wohlfühlt. Doch irgendwann gebe ich auf. Ihre Cousins spielen schließlich auch dort. Und Yuri will dazugehören. Also bleibt mir nichts, als zu hoffen, dass sie nicht gebissen oder gestochen wird.

Mittags wird erneut gekocht – diesmal gibt es Reis mit Spaghetti. Eine einfache, aber sättigende Mahlzeit. Am Nachmittag geht es wieder hinaus in den Garten: Wir jäten Unkraut, ernten Früchte, lichten die Pflanzen aus, und das unablässige Laub der Bäume muss zusammengeharkt werden. Der Garten darf keine Blätterhaufen beherbergen – dort nisten die Schlangen.

Gegen Abend ziehe ich mich in meine Hütte zurück, befestige sorgfältig das Moskitonetz unter der Matratze und nehme mir noch etwas Zeit für unser Bauprojekt – die Toilette, die es bislang nicht gab. Es fehlen nur noch die letzten Verputzarbeiten an den Wänden, dann ist das kleine Bad endlich fertig. Es hat ein glasfreies Fenster, ein Blechdach, Zementboden und Zementwände – und doch fühlt es sich für mich an wie purer Luxus.

Yuri darf sich an den Wänden austoben – mit Pinsel, Farbe und grenzenloser Fantasie. Endlich müssen wir nachts nicht mehr hinaus in die Dunkelheit. Endlich ein Ort, der uns ein Stück Privatsphäre schenkt – ein unerwarteter Komfort inmitten dieser Welt.

Zum Abendessen wird wieder Reis gekocht, diesmal mit etwas Fleisch und frischem Salat. Meist besteht er aus Kohl, Tomaten und – wenn wir Glück haben – auch aus Gurken. Salatköpfe sind hier fast wertlos. Morgens gekauft, abends schon welk, werden sie von der Hitze in wenigen Stunden ungenießbar.

Nach dem Essen, wenn das Geschirr gespült ist und der Vater sich auf dem Sofa vor dem Fernseher niedergelassen hat, während draußen die Grillen zirpen, die Frösche quaken und der Fluss leise vor sich hin rauscht, bleiben wir noch eine Weile mit der Familie in der Küche. Wir erzählen Geschichten, tauschen Anekdoten aus, manchmal entbrennen hitzige Diskussionen über Politik.

Oft drehen sich die Gespräche um die Naturmedizin – das Allheilmittel für alles, was das Leben hier mit sich bringt: offene, schlecht heilende Wunden vom Feld, hartnäckiger Hautpilz, ein rebellierender Magen. Für jedes Wehwehchen gibt es ein Mittel. Kamillentee, eine Limpieza – Reinigung - bei der traditionellen Heilerin, Matico für den Darm, Sangre de Drago, Guayusatee – Ecuador kennt für jedes Leiden eine Pflanze, einen Zauber, ein Geheimnis.

Gegen neun Uhr abends ist Bettruhe. Der nächste Tag beginnt früh – meist noch vor sechs Uhr. Die Zeit am Morgen ist kostbar, ehe die brennende Sonne wieder alles in ihren Bann zieht und die drückende Hitze den Tag bestimmt.

Jeden Tag, als wäre es ein ungeschriebenes Gesetz, klopft es an der Tür meiner Hütte. Die Nachbarn schicken ihre Kinder, um zu betteln – in der Hoffnung, dass ich etwas zu teilen habe. Vielleicht ein paar Reste, vielleicht ein paar Münzen. Noch besser wäre Geld, das ich „einfach so" ausgeben kann. Dass auch ich mit begrenzten Mitteln reise, scheint für sie undenkbar. Der Gedanke, dass auch Menschen außerhalb Ecuadors Entbehrungen kennen, ist jenseits ihres Horizonts. Für sie ist jede Ausländerin aus Europa ein wandelnder Tresor.

Viele von ihnen versuchen ihr Glück jenseits der Grenze – in den Vereinigten Staaten. Illegal, auf gefährlichen Wegen. Sie sammeln, was sie können, verabschieden sich mit einem letzten Hoffnungsschimmer in den Augen, nur um später an der mexikanischen Grenze oder noch früher in Zentralamerika abgefangen und abgewiesen zu werden. Und wenn sie zurückkehren, dann tragen sie ihre Geschichte wie eine Narbe im Gesicht: ein Traum, der längst geplatzt ist. Doch wer es tatsächlich schafft – auf welche Weise auch immer –, der hat eine unausgesprochene Pflicht: Er muss geben. Muss helfen. Denn die Familie hat ihn auf diesen Weg geschickt. Aus der Ferne soll er geben – großzügig, still, selbstverständlich. Denn der Traum war nie nur seiner allein.

Doch was sie nicht wissen – was keiner weiß, bevor er es am eigenen Leib erlebt hat – ist die andere Seite der goldenen Medaille: miserable Jobs, schlecht bezahlt. Rassismus, der sich in den Alltag frisst. Angst, die nie vergeht – Angst, entdeckt, verraten, abgeschoben zu werden. Diese Geschichten erzählt man nicht. Schon gar nicht hier, in einem abgelegenen Dorf in Ecuador, wo das Fernsehen glänzt und das Leben woanders immer schöner scheint.

Manchmal, wenn der Tag sich langsam schließt, wenn eine kühle Abendbrise durch die Bananenstauden streicht und das Flackern der Taschenlampen durchs Dunkel gleitet, sitze ich noch eine Weile auf den Stufen meiner Hütte. Yuri schläft dann schon, eingehüllt in den sicheren Kokon aus Moskitonetz und Abendruhe, und ich lasse meinen Blick schweifen über das schummrige Flackern in den Fenstern der Nachbarhütten. In diesen Momenten liegt eine sonderbare Stille über allem. Eine Stille, die nicht leer ist, sondern dicht, beinahe greifbar.

Ich frage mich oft, was wahr ist – der Traum vom besseren Leben jenseits des Ozeans oder die Realität hier, zwischen Staub und Kohlblättern. Ich bin Fremde und Familie zugleich, draußen und mittendrin. Ich teile, was ich habe, lerne und begreife mit jedem Sonnenaufgang ein wenig mehr.

Kurz vor Weihnachten treffe ich eine Entscheidung: Ich werde mit der Kinderschar, die täglich vor unserem Garten steht und mich mit großen, staunenden Augen beobachtet – besonders dann, wenn ich es endlich schaffe, mich in meine heißgeliebte Hängematte zu legen – ein Weihnachtsspiel für Heiligabend einstudieren. Was anfangs wie eine nette, kleine Idee wirkt, entwickelt sich bald zu einem echten Kraftakt. Jeden Nachmittag tauchen neue Kinder auf, der auserkorene Joseph fehlt regelmäßig, manchmal gibt es ihn gleich dreifach, und der eine Satz, den die kleinen Schauspieler auswendig lernen sollen, entpuppt sich als unüberwindbare Hürde. Am Ende will natürlich jeder das Jesuskind spielen – und wir haben viel zu wenige Schafe. Nun ja, flexibel bleiben, sage ich mir. Jahre später werde ich mich mit agilem Projektmanagement beschäftigen – aber ehrlich gesagt: Mein bestes Studium habe ich längst hier gemacht.

Vor der Premiere stürze ich mich noch einmal in die Vorbereitungen. Ich kaufe kitschige Knöpfe und bunte Perlen in einem der Kioske, finde hinter dem alten Gebäude von Yuris Großeltern ein paar Meter Draht. Auf meiner kleinen Veranda mit Zementboden räume ich die Hängematte beiseite und schaffe Platz. Ich koche Ganguil – Popcorn – und pflücke ein paar Limetten für eine erfrischende Limonade. Und schon stürmen die ersten Kinder heran, barfuß – einige mit frisch dunkelgrauem, andere mit trockenem, hellgrauem Schlamm an den Füßen. Gemeinsam basteln wir Weihnachtssterne und Aufhänger, kleben, lachen, verschütten Zucker. Am Ende bleiben nur drei Kinder wirklich bis zum Schluss – doch alle wollen etwas mitnehmen. Also fertige ich für jedes Kind ein kleines Werk an, das es stolz nach Hause trägt, mit strahlenden Augen und dem Gefühl, etwas geschaffen zu haben.

In meiner Küche knete ich zwei große Stücke Zopf. Endlich habe ich im Dorf einen Ofen aufgetrieben – es gibt nur eine einzige Familie, die einen besitzt. Nach tagelangem Feilschen habe ich die „Miete" auf ein halbwegs akzeptables Maß heruntergehandelt. Ich bringe die frisch gekneteten Butterzöpfe zu der übergewichtigen, mit einer bunten Schürze umgebundenen Herdbesitzerin, die mich mit einem zufriedenen Lächeln erwartet. Ihr Haus liegt nur vier Ecken entfernt, doch das halbe Dorf läuft mir hinterher, und aus jeder Tür, aus jedem Fenster lugen neugierige Augen. Privatsphäre ist hier ein seltenes Gut. Ich denke bei mir, dass ich sie in vollen Zügen genießen werde – irgendwann, wenn ich wieder fort bin.

Während ich den Weg zur Ofenbesitzerin gehe, springt Yuri barfuß mit den Nachbarskindern los, obwohl ich ihr verboten habe, woanders hinzugehen. Es gibt gute Familien, aber auch viele, deren Lebensverhältnisse zweifelhaft sind. Ich will kein unnötiges Risiko. Nach anderthalb Stunden – der Ofen hat sicher bessere Tage gesehen – sind die Zöpfe endlich fertig. Sie duften köstlich. Ich bringe ein Stück zu Yuris Oma, die andere Hälfte wickle ich sorgfältig in ein Tuch, um sie vor Geziefer zu schützen, und lege sie in meine Küche.

Am nächsten Morgen betrete ich die Küche – und traue meinen Augen nicht: Die Ablagefläche ist nicht mehr zu sehen. Riesige Ameisenschwärme haben sich über den Zopf hergemacht, der nun nur noch eine schwarze, krabbelnde Masse ist. Ich koche Wasser, gieße es über die Fläche, greife zum Besen und fege energisch alles aus dem Haus, direkt in den Garten. „Nun ja, man wird gelassen", murmle ich zu mir selbst, während Yuri sich noch verschlafen die Augen reibt. Gemeinsam machen wir uns auf den Weg zur Oma. Dort gibt es wenigstens Ei mit Reis – und ein kleines Stück des zweiten Zopfs.

Die Weihnachtsfeier – die Kirche ist bis zum Bersten voll. Noch immer strömen Menschen aus ihren einfachen Hütten, in festlichsten Gewändern, mit blitzblanken Schuhen, das Haar frisch gewaschen, die langen Zöpfe schlicht geflochten. Sie kommen, um zu feiern. Um ihre Hingabe zu zeigen – ganz gleich, wie bescheiden ihr Zuhause auch sein mag. Die Kleidung muss gut aussehen – das ist Gesetz. Und man begegnet ihm immer wieder, unabhängig der Orte. Da steht jemand am Straßenrand, gerade eben dem Busch entstiegen, kein Haus weit und breit, vielleicht ein halb verfallenes Stelzenhaus irgendwo im Nirgendwo

– doch die Kleidung: tadellos, stilvoll, selbstbewusst getragen. Sie ist der wahre Schatz.

Geduldig warte ich vorne auf die kleine Schar von Kindern, die eigentlich jetzt auftreten sollte. Ein Drittel ist da – mit freudig gespannter Miene, den Blick selbstsicher in die Menge zur Verwandtschaft gerichtet, bereit, endlich ihren Satz aufzusagen, den sie wochenlang singend, sprechend und tanzend eingeübt haben. Das zweite Drittel hat sich kurzerhand entschieden, dass Fußballspielen draußen spannender ist, als in der drückenden Hitze der Kirche auszuharren. Zwar stehen die Türen offen und die Fenster sind unvergittert, doch es ist kaum auszuhalten hier drinnen.

Und das letzte Drittel – wie ich erst ganz am Ende der Zeremonie bemerke – taucht fünf Minuten vor Schluss auf, um seine Präsenz im Heiligtum zu zeigen und dem verblichenen Papstbild, der kitschigen Jungfrau Maria und dem blutenden Jesus am Kreuz noch schnell den gebührenden Respekt zu erweisen.

Im Nachhinein verstehe ich, warum ich gleich drei Josephs, vier Marias und eine ganze Reihe von Jesuskindern und Engeln ausgebildet habe. So gelingt uns wenigstens mit dem anwesenden Drittel eine halbwegs besinnliche Aufführung – abgesehen vom ewigen Geplauder der Engel, dem Lärm der Fußballer draußen und dem unaufhörlichen Gelächter der Josephs, die uns von allen Seiten umgeben.

Am nächsten Tag beschließen die Verwandten, einen Ausflug zu einem weiter entfernt wohnenden Onkel zu machen. Alle werden auf den Pickup eines entfernten Cousins der Oma verladen, der ebenfalls mitfahren will. Doch bevor es losgeht, müssen noch eine Staude Bananen, ein Mehlsack Orangen und weitere Früchte aus dem Garten verstaut werden. Zwei Stunden lang ruckeln wir über unebene, erdige Schotterwege durch das dichte, subtropische Dickicht, das die Hügel rund ums Dorf einhüllt. Meine Beine schmerzen vom unbequemen Sitzen auf der harten Ladefläche – Yuri auf meinem Schoß, damit sie die Stöße nicht so stark spürt. Doch sie scheint die Mühsal der Reise gar nicht zu bemerken. Mit leuchtenden Augen saugt sie alles in sich auf, was ihr Blick erfasst. Die Natur hier oben wirkt unberührt. Nur vereinzelt tauchen zwischen dem dichten Grün Häuser auf. Ab und zu laufen uns Kinder lachend entgegen oder ältere Menschen mit Hacken und Macheten in der Hand, auf dem Weg zu ihren Feldern. Der Onkel lebt in einer einfachen Blockhütte. Um das Haus ist der Boden sauber gefegt – eine schlichte, aber wirksame Methode, um das Geziefer fernzuhalten. Dahinter breiten sich Wälder und Büsche in verschiedensten Grüntönen aus, nur mit Macheten zu durchdringen. Während die mitgebrachten Vorräte aus dem Pickup gehievt werden, beginnen Frauen jeden Alters in der Küche das festliche Mahl zuzubereiten. Schon bald liegt ein köstlicher Duft in der Luft, der einem das Wasser im Mund zusammenlaufen lässt. Auf jeder Herdplatte brutzelt es. Wie immer bekommen die Männer zuerst ihre Portion, dann die Kinder, zuletzt die Frauen – doch es gibt mehr als genug für alle.

Am Nachmittag wollen sie mir die heißen Thermalquellen zeigen. Ich zögere. In dieser Hitze auch noch in warmes Wasser steigen? Doch der Weg lohnt sich. Wir schlagen uns mit Macheten durch das dichte Grün, bis wir einen kleinen Wasserfall erreichen, umgeben von üppiger Vegetation. Die Strahlen des Wassers glitzern im Licht, das durch das Blätterdach fällt, und über uns wölbt sich der Himmel in sattem Blau. Die natürlichen Pools unter dem Fall laden trotz der Wärme zum Baden ein – ein idyllischer Ort. Kein Tourist, kein Fremder verirrt sich hierher. Noch nicht. Die Minenfirmen rücken näher. Es wird wohl nicht mehr lange dauern, bis auch dieser Ort erschlossen wird – auf welche Weise auch immer. Doch für diesen Moment ist alles gut. Für diesen Moment gehört die Schönheit nur uns.

In der ersten Januarwoche fahren wir zum Großeinkauf in die nächste Stadt. Ich habe meiner Schwiegermutter zu Weihnachten eine Waschmaschine versprochen. Ich hatte endgültig genug davon, im Fluss die Wäsche zu waschen. Zudem gelangen immer mehr Giftstoffe aus den höher gelegenen, kanadischen Minen in den Fluss, und viele der Frauen beginnen, unter Pilzinfektionen und anderen Ekzemen zu leiden.

Wir haben dem Nachbarn den Pickup abgerungen – nicht viele im Dorf besitzen ein solch wertvolles Gefährt, und so wird er regelmäßig vermietet. Heute also sind wir an der Reihe. Auf der Ladepritsche drängen sich alle, die mitwollen. Ich frage mich kurz, ob dort überhaupt noch Platz für die Waschmaschine sein wird. Vorne ist es ebenfalls eng, doch diesmal darf ich auf dem Beifahrersitz Platz nehmen – schließlich bin ich es, die das kostbare Stück bezahlen wird. Nach anderthalb Stunden Fahrt erreichen wir die stinkende, staubige Hafenstadt. Schon beim Aussteigen schlägt uns die brütend heiße Luft entgegen, klebrig und schwer wie ein feuchter Lappen. Wir besuchen drei verschiedene Läden, bevor sich meine Schwiegermutter endlich entscheidet. Alle Blicke ruhen gespannt auf meiner Bankkarte, die ich gleich dreimal in den Automaten schieben muss – mehr als hundert Dollar lassen sich in Ecuador nirgends auf einmal abheben. Schließlich ist es geschafft. Wir haben bezahlt. Zur Feier des Tages lädt uns der Familienpatriarch zu einem Ceviche ein – einer kalten, köstlich gewürzten Krabbensuppe, die uns für Hitze, Staub und Warten mehr als entschädigt.

Auf dem Rückweg merkt niemand mehr, wie eng es auf dem Pickup geworden ist. Die Waschmaschine thront zwischen uns wie ein stilles Denkmal für das Neue. Alle sind zufrieden, müde von diesem kleinen Abenteuer. „Eigentlich wollten wir nur kurz in die nächste Stadt", denke ich, „und doch fühlt es sich an wie ein Familienurlaub auf Guadeloupe". Wie einfach und selbstverständlich Glück in dieser Welt entsteht, wie wenig es braucht.

Die Regenzeit beginnt. Es ist Zeit, weiterzuziehen. Die Feuchtigkeit wird zunehmend unerträglich, ebenso wie die Mücken – und die abendlichen Auseinandersetzungen mit meiner trotzigen Tochter, die sich einfach weigert, langärmelige Kleidung zu tragen, sobald es dunkel wird. Jeden Abend führen wir denselben Kampf: Wer hat den dickeren Kopf – sie oder ich? Ich versuche ihr zu erklären, dass Dengue, Chikungunya-Fieber und Malaria keine Spiele sind, sondern reale Bedrohungen. Doch ihre kindliche Freiheit duldet keine Einschränkung, nicht einmal um der eigenen Gesundheit willen.

In der letzten Woche schlachtet die Familie ein Schwein für uns. Auch die entfernteren Verwandten aus den Hügeln kommen – lärmend, früh am Morgen. Die Frauen sitzen auf der Ladefläche ihrer Pickups, zwischen Töpfen, Geschirr, Gemüse und Obst aus ihren Gärten, während die Männer es sich vorne in den Sitzen bequem machen. Bald steigt Rauch auf. Das Feuer wird entfacht, das Schwein schreit nicht mehr, und der erste Zuckerrohrschnaps – gemischt mit lauwarmer Kokosmilch oder

Orangensaft – geht im Kreis herum. Jeder nimmt einen Schluck. Ich helfe in der Küche: Berge von Kohl, Tomaten, Zwiebeln, Knoblauch, Zitronen, Yuka, Platano und Reis werden geschnitten, gewaschen, vorbereitet. Die Därme des Schweins werden mit Zitronensaft gereinigt, dann mit Gemüse gefüllt und zu Würsten gedreht. Die Haut wird knusprig gebraten und als salzige Chips serviert. Kein Teil des Tieres wird verschwendet – alles landet früher oder später in einem Topf, auf einem Teller, in einem hungrigen Magen. Der Tag vergeht mit Kochen, Lachen, Erzählen, Trinken, Putzen – und einem bittersüßen Abschied, der mir tief ins Herz sinkt. Am Abend bin ich erschöpft, aber dankbar. Yuri ist längst eingeschlafen, zusammengerollt zwischen ihren Cousins vor dem flimmernden Fernseher, während draußen die Nacht langsam auf das Dorf herabsinkt.

In den Tagen danach wird es still. Die Stimmen der Gäste verhallen, das Geschirr ist gespült, die letzten Essensreste verteilt. Die Moskitonetze hängen wieder unbeachtet in den Ecken, und das Brummen der Insekten gewinnt an Raum, während der Regen die Erde aufweicht und selbst das Licht schwerer scheint. Das Ende rückt näher. Es ist nicht nur die beginnende Regenzeit, die uns weiterzieht – es ist ein inneres Wissen, dass ein Abschnitt gelebt ist. Dass sich etwas rundet.

Und dann ist da dieser Moment, in dem ich das letzte Mal über den Hof gehe, wo einst das Schwein gequiekt hat, wo Yuri in den Staub gemalt hat. Es ist ein stilles Loslassen. Die Erfahrung, das Gelernte hingegen nehme ich mit.

Wenig später brechen wir auf.

Monate später. Ich liege in meinem Bett, halb in Gedanken, halb im Licht, das durch die Zweige fällt, und beobachte, wie Kolibris zwischen den Bäumen tanzen. Ihre Flügel flirren wie Erinnerungen. Noch immer werde ich beim Almuerzo von Kindern mit staubigen Gesichtern angebettelt, von Frauen mit müden Augen. Noch immer ist es für Yuri selbstverständlich, dem Kellner zu sagen, er möge ein weiteres Gericht bringen, um es beim Hinausgehen in kleine, wartende Hände zu legen.

Ich erinnere mich an den Tag, an dem ich Yuri hastig von ihrer Kletterstange reiße und, so schnell mich meine Beine tragen, den Stadtpark verlasse. Um uns: Chaos. Tränengas liegt in der Luft, das

Militär rückt an, Menschen rennen. Politische Unruhen erschüttern das Land – mal wieder. Noch immer sind manche Straßen nach Einbruch der Dunkelheit undurchdringlich, versunken in Angst und Gesetzlosigkeit. In jenen Vierteln, wo kein Taxi mehr hält, wo selbst die Polizei nicht hinfährt, regiert das Recht derer, die nichts zu verlieren haben. Und doch, trotz dieser Schatten, war auch Licht.

Wir haben Momente gesammelt – Besuche von Familie und Freunden, stille Stunden an einem meiner Herzensorte: dem Amazonas. Ich arbeitete in einem Internetcafé, und das wenige Geld, das ich verdiente, reichte, um den Tanz in meinen Alltag zurückzuholen und um neue Wege zu gehen. Yuri, wild entschlossen, nicht in die Guardería zu müssen, begleitete mich schließlich jeden Tag zur Arbeit. Sie wurde zur kleinen Königin des Ladens – geliebt vom Personal, umgeben von Farben, Bastelpapier, Stoffpuppen und Geschichten, die sie sich selbst erzählte.

Ich reiste in abgelegene Gegenden, tanzte wieder mehr, fand Atemräume. Nur das Schreiben ließ ich zurück. Ich merke es erst jetzt, wo ich die leeren Seiten meines Tagebuchs betrachte, das ich so oft neben mir liegen ließ wie ein Versprechen, das nie eingelöst wurde.

Jetzt ist das Geld zu Ende. Wir werden zurück nach Europa, bis ich wieder genug gespart habe und weiterziehen kann. Mein Gehalt hier reicht kaum für das tägliche Leben, und von Reisen wage ich nicht einmal mehr zu träumen. Alles in mir sträubt sich gegen diese Rückkehr. Die Natur, die Kolibris, der Himmel – sie verlieren ihren Glanz.

Und dann ist da der Kontinent selbst, Europa. Die Gespräche über Versicherungen, Mieten, Steuern, über Effizienz und Absicherung. Die Schlagzeilen, die Kälte der Amtsgänge, die grauen Nachmittage, an denen nichts blüht außer dem Winter in mir. Diese Monate aus Regen, Dunkelheit und nackten Bäumen – sie legen sich wie ein schwerer Mantel auf meine Schultern. Ich spüre diesen Kloß im Magen, den ich nur in solchen Momenten kenne. Doch am schlimmsten ist der Schmerz des frühen Abschieds am Morgen. Wenn ich Yuri noch im Halbschlaf einer Tagesmutter übergebe und sie erst spät am Abend wieder in meine Arme schließen kann. Die Wochenenden, auf die ich mich so sehne, tragen eine Spannung in sich, die kaum aufzulösen ist – meist enden sie in Streit. Ich erkenne mich wieder in all den erschöpften Müttern, die keine Ruhe finden, im Lärm des Alltags. Dann sitze ich in einem dieser grauen Büros – in einem Ministerium, das in Zahlen ertrinkt, oder bei einer Firma, die Waren um die Welt schickt, ohne je zu fragen, was wirklich gebraucht wird – und weiß: Hier gehöre ich nicht hin. Das sind Stunden, die vergehen, ohne Spuren zu hinterlassen.

Ich blicke durch das Fenster meines Zimmers. Da ziehen Schäfchenwolken am Himmel, als hätten sie mir etwas zu sagen, und zwischen den Hochhäusern hebt sich still und kraftvoll der alte Hausvulkan. Und plötzlich weiß ich: Ich bin noch hier. Ich atme. Ich bin frei. Was brauche ich mehr? Ich lasse die Zukunft los, überlasse sie dem nächsten Monat. Ich halte mich nicht an Pläne, sondern an den Moment. Und da ist sie wieder – diese Dankbarkeit, leise und warm. Für das Leben, das mich trägt. Für das Jetzt, das genügt.

# MIT DER ZEIT TANZEN

*„Eines Tages wirst du aufwachen und keine
Zeit mehr haben für die Dinge, die du immer
tun wolltest. Tu sie jetzt."*

Paulo Coelho

Ein Jahr später in Brasilien
Wir kommen am späten Nachmittag in Rio an. Die Sonne hängt tief über
der Stadt, taucht alles in ein goldenes Licht, das sich über die Fassaden
legt. Mein Kind hält meine Hand fest, als wir aus dem Bus vom Flughafen
steigen. Die Geräusche der Stadt umgeben uns wie ein einziger,
vibrierender Rhythmus. Es ist laut, bunt, lebendig – und in der Luft liegt
etwas, das ich nicht benennen kann. Eine Mischung aus Spannung, Hitze,
Musik und dem flüchtigen Versprechen von Abenteuer.

Brasilien. Ein Land, in dem selbst die Sprache tanzt – weich wie
warmer Singsang, so anders als das raue Portugiesisch Europas. Dessen
Rhythmus durch die Straßen pulsiert. Hier tanzt das Leben. Hier vibriert
jede Geste, jeder Blick, jede Melodie. Und doch liegt über allem ein
unsichtbarer Schatten.

Ein Land der Widersprüche: Auf der einen Seite die überschäumende
Lebensfreude, greifbar in jedem Lächeln, jeder Melodie der
Straßenmusikanten. Auf der anderen Seite das rohe Chaos. Die Gewalt.
Polizisten, die mit Maschinengewehren durch die Straßen patrouillieren,
ihre Macht im Blick. Mörder, die im Auftrag töten. Leben, das

verschwindet, lautlos und schnell. Es lebt in Farben und Tönen, doch es trägt Narben. Wir bleiben mehrere Tage in der Stadt, sitzen am Strand, in Parks, beobachten das Kommen und Gehen. Nehmen das Leben in uns auf. Straßenmusiker spielen Forró. Ich halte diesen Moment fest – nicht mit der Kamera, sondern mit dem Herzen. Denn genau so fühlt sich Brasilien an: laut und leise, hell und dunkel. Leben und Überleben. Und mittendrin wir.

Inmitten dieser Kontraste finde ich mich in einer neuen Welt wieder – einer, die mir mit jedem Tag mehr ans Herz wächst. Ich arbeite in einer Volontärstelle, unterstütze ein Kinderheim und eine Kindertagesstätte. Jeden Tag begegne ich den Blicken der Kinder, ihrem Lächeln, ihrer stillen Neugier. Doch was mich am tiefsten berührt, ist ihr unausgesprochenes Verlangen – nach Nähe. Nach Liebe. Nach Berührung. Es ist eine Herausforderung, sie zu begleiten, zu stärken – und dabei gleichzeitig der oft harten, unerbittlichen Realität dieses Landes standzuhalten. Oft denke ich daran, wie wenig viele dieser Kinder besitzen – und wie viel sie dennoch geben: Wärme, Vertrauen, Menschlichkeit. Ich wünsche mir, ihnen etwas von der Welt zu zeigen, die ich gemeinsam mit Yuri entdecke – eine Welt, die allen Kindern gehören sollte: die Farben, die Lieder, das Tanzen. Denn jedes Kind sollte ein Recht auf Kindheit haben.

Jeden Donnerstag bringe ich Yuri zum Ballett. Sie trägt ihr rosa Tütü wie eine Krone und tanzt mit Begeisterung. Ich möchte sie in jedem Schritt darin bestärken.

Sonntags besuchen wir die deutschsprachige Kirche. Der Gottesdienst schenkt mir Momente der Stille, der Sammlung, der inneren Einkehr. Inmitten der Hektik des brasilianischen Alltags wird dieser Ort zu einem Kraftort.

Doch Brasilien hält noch mehr für uns bereit. Im Süden werden wir von einer indigenen Gemeinschaft zu einem traditionellen Grillfest eingeladen. Das Fleisch wird über einem tiefen Erdloch auf langen Holzstäben gegart, der Rauch vermischt sich mit der warmen Luft, und der Klang der Gespräche, des Lachens und der Musik liegt über dem sonnigen Tag. Echtes, unverfälschtes Erleben. Ein Eintauchen in eine andere Welt – und doch kein Fremdsein. Denn was uns verbindet, ist spürbar: die Gemeinschaft, das Teilen, das Dasein füreinander. Ein Kreis, der sich nicht nach Herkunft oder Sprache formt, sondern aus Wärme, Offenheit, Menschlichkeit.

Im Nordosten an der atlantischen Küste lernt Yuri schwimmen. An einem der besonderen Orte begegnet mir ein Mensch, dessen Nähe mich tief berührt. Eine Begegnung, die nachklingt. Ein Ort, an den ich immer wieder zurückkehren möchte – mit dem Herzen, vielleicht eines Tages auch mit den Füßen. Die rhythmischen Bewegungen des Capoeira, das kraftvolle, spirituelle Candomblé – all das verschmilzt mit dem Pulsschlag dieses Landes. Ich spüre, wie der Rhythmus durch meinen Körper vibriert, mich trägt, mich durchdringt. Eine Erinnerung an die positive Lebensenergie, die hier spürbar ist. Die Tage am Meer sind leicht und warm. Für einen Moment vergesse ich die Welt um mich herum. Ich fühle mich frei. Wir verbringen diese Tage mit ihm – mit Spaziergängen am Wasser, mit Gesprächen, mit Schweigen. Einfach da sein. Miteinander. Dann kommt er – der Moment des Loslassens. Wie so oft im Leben. Lebewohl. Die Erinnerung bleibt. Wie ein warmer Windhauch auf der Haut, wie ein Lied, das nachklingt, lange nachdem es verklungen ist. Sie bleibt – nicht festgehalten, nicht festgeklammert, sondern frei. So wie alles, was wirklich zählt.

Als ich in den abgeholzten Norden reise, holt mich eine andere Wirklichkeit ein. Schwarze, tote Baumstämme ragen wie stumme Zeugen zu beiden Seiten der Straße empor. Die einst fruchtbare Erde, nun dunkelrot und aufgerissen, scheint zu schreien – nach Gerechtigkeit, nach Heilung.

Der Bus rumpelt über das geschundene Land. Ich sitze am Fenster, sehe hinaus, sehe hin – und kann nicht anders, als mich berühren zu lassen. Diese Verwüstung ist kein stilles Bild. Sie ist ein Aufschrei. Und ich weiß, ich darf ihn nicht überhören. Wird der Wald je wieder atmen?

Vor unserer Abreise werfe ich einen letzten Blick zurück auf Brasilien – dieses widersprüchliche, leuchtende Land, das uns für eine Zeit zur Heimat wurde. Was lassen wir zurück?

Die kleinen Momente des Glücks. Die Abende mit meinen brasilianischen Freundinnen in ihren engen Wohnungen, erfüllt vom

Duft nach Kaffee und gurgelndem Lachen. Die Telenovelas flimmern stumm über den Bildschirm, während wir erzählen, schweigen, verbunden sind – durch Nähe, die keinen großen Raum braucht.

Das rhythmische Schlagen der Trommeln im Candomblé, die Musik des Capoeira, die sich wie ein Pulsschlag durch die Straßen zieht. Der Tanz, der dazu gehört – geschmeidig, kraftvoll. Und die Wärme der Menschen, die sich anfühlte wie Heimat. Diese Erinnerungen werden uns begleiten.

Auf jeder weiteren Etappe unserer Reise.

Bevor wir aufbrechen, besuche ich ein letztes Mal meinen libanesischen Freund. Seine kleine Imbissbude – schlicht, verborgen zwischen großen Straßen – war für viele Monate mein Ort. Ein Ort voller Leben, voller Gewürze, voller stiller Begegnungen. Er ist ein Flüchtling. Ein Mann, der alles verloren hat – und dennoch mit einer unerschütterlichen Würde durch die Welt geht. Nicht trotzig. Nicht bitter. Einfach da. Still. Aufrecht. Wir sprechen nicht viel. Er reicht mir mein Lieblingsgericht, wie immer mit einem leisen Lächeln. Ich muss nichts sagen. Er weiß längst, was ich will.

Wir teilen ein Zitat aus dem Irischen, das uns verbindet, wie ein unsichtbares Band zwischen Welten:

*„Gott, gib mir die Gelassenheit, Dinge hinzunehmen, die ich nicht ändern kann, den Mut, Dinge zu ändern, die ich ändern kann, und die Weisheit, das eine vom anderen zu unterscheiden. "*

Dies ist wahre Kraft. Nicht laut, nicht sichtbar – aber tief. Wir lernen, die Dinge zu nehmen, wie sie sind. Wir lernen Gelassenheit. Und manchmal geschieht genau darin Veränderung.

Der Abschied fällt mir schwer. Von Brasilien.

Von der Wärme und den starken Frauen, die mir zur Seite standen. Von der kleinen Hütte im Wäldchen, die für uns ein Zuhause war. Mit Flohmarktfunden und Yuris Bildern liebevoll eingerichtet. Mit Mäusen, die über unsere Decken flitzten – und einem heldenhaften Mäuserich, der uns schließlich von der Plage befreite. Mit der Kälte der Regenzeit, in der ich Wasser über dem Gasherd erwärmte, um uns ein wenig Wärme zu schenken. Mit der Dusche, deren elektrische Kabel bedrohlich herabhingen – und jedem Duschen ein kleines Abenteuer verliehen.

Die Kinder im Heim, die mir so sehr ans Herz gewachsen sind, hinterlassen eine Lücke, die ich nicht einfach schließen kann. Ich werde sie nicht vergessen. Niemals. Und doch: Der Weg führt weiter. Mit jedem Schritt lassen wir ein Stück von uns zurück – in diesem Land, das mehr war als eine Station. Es war ein Kapitel, das uns geprägt hat. Uns wachsen ließ. Und uns begleiten wird, wohin wir auch gehen.

Yuri spricht inzwischen fast perfekt Portugiesisch – oder sollte ich sagen brasilianisch? Der Klang dieses Landes – weich, lebendig, voller Musik – klingt noch in mir nach. Er passt nicht zu den brutalen Bildern auf den Straßen. Und doch gehören auch sie zu Brasilien wie das Lächeln der Kinder.

Bevor ich auf das alte, heruntergekommene Boot steige, lasse ich unsere Zeit hier noch einmal an mir vorbeiziehen.

Wehmütig denke ich an den Mann im Norden. An unseren Versuch, gemeinsam einen Weg zu gehen. An unser inneres Feuer, das zu Beginn kaum zu zähmen war. Er sah in mir das Fremde, das Wilde – ich sah in ihm Tiefe, Fragen, stille Gedankengänge. Doch irgendwann spürte ich sein Schwanken. Die Unsicherheit, wenn es darum ging, das Leben wirklich zu leben – mit einem Kind, mit Verantwortung, mit Bodenhaftung. Er brauchte Sicherheit. Etwas, das ich ihm nicht geben konnte. Ich musste ihn loslassen. Für ihn. Damit er seinen Weg finden kann. Nicht jeder Mensch ist gemacht für das ungewisse Glück. Manche brauchen das Gewisse, das Berechenbare.

Einen letzten Blick werfe ich auf die Dschungelstadt. Ich nehme Yuris Hand, lächle, und steige ins Boot.

Das Boot setzt sich in Bewegung. Das Wasser kräuselt sich unter uns, träge, grünlich, schwer. Ich sehe zurück – auf all das, was war. Und frage mich für einen Moment: Was erwartet uns jenseits dieses Flusses?

# DURCH DAS UNWEGSAME

*"Trau dich, sei mutig! Kein Übel ist so
schlimm wie die Angst davor."*

*Seneca*

Der Dampfer, auf dem wir nun treiben, ist ein dunkles, klappriges Gefährt, das sich träge durch das braune Band des Amazonas schlängelt. Es ist das billigste Transportmittel, das ich finden konnte – ein Schiff voller Schattenfiguren, Männer mit Blicken, so schwer wie ihre Geschichten. Ich bin die einzige Frau an Bord. Nur eines verbindet uns – der Grund, weshalb wir auf diesem Boot sind, um weiterzuziehen. Ich sichere uns zwei Hängematten in einem schäbigen, notdürftig überdachten Bereich des Decks. Der Regen dringt dennoch durch. Die meiste Zeit verbringe ich damit, unsere Habseligkeiten zu bewachen – Rucksack, Pässe, Geld, Lebensmittel –, als wären sie ein Schatz auf schwankendem Grund. Die Stimmen um uns sind rau. Ich lerne, noch wachsamer zu sein.

Das Klo – wenn man es so nennen will – besteht aus einer Wellblechwand über einem Loch im Boden. Daneben eine blaue Tonne, aus der Wasser geschöpft wird. Schon nach wenigen Stunden ist es trüb, schmutzig, unbrauchbar. Das Wasser erfüllt jeden Zweck: die ‚Toilette' spülen, das Gesicht benetzen, irgendwie sauber bleiben. Ich meide es so gut es geht. Für Yuri verwende ich ausschließlich die Trinkwasserflaschen, die wir mitgebracht haben. Sie will bei mir schlafen.

Ich nehme sie in meine Arme, lege unsere Wertsachen zwischen uns in die Hängematte. Die zweite hängt daneben, nur dafür da, meinen Rucksack vom nassen, dreckigen Boden fernzuhalten. Der schmutzige Dampfer schaukelt durch die endlose Wasserstraße, sein metallisches Grollen übertönt alles. Die Hitze drückt auf uns herab wie ein feuchtes Tuch, während draußen die Flusslandschaft vorbeizieht – grün, wild, unnahbar. Die Ufer sind so weit entfernt, dass sich zwischen den Schleiern des Dickichts nur erahnen lässt, was lebt.

Wir erreichen die Grenzregion zwischen Brasilien und Peru, irgendwo im Dreiländereck. Auf der kolumbianischen Seite besuchen wir einen Zoo. Yuri will Tiere sehen. Es ist ein verstörender Ort. Die Käfige sind eng, die Tiere matt, hungrig. Schnell fliehen wir in eine billige Imbissbude, essen Maito – Fisch im Bijao-Blatt, auf Kohlen gegart, mit Yuca serviert. Die Besitzerin setzt sich zu uns. Ihre Augen lachen verschmitzt, obwohl sie vom Überleben erzählt, vom Leben mit der Angst – zwischen Guerilla, Unsicherheit und Dschungelgewalt.

An der Grenze zu Peru will man uns nicht weiterlassen. Man fragt nach dem Vater, dem papá. Wieder erkläre ich, dass ich keine Erlaubnis brauche. Doch Worte und Blicke reichen nicht. Es ist ein weiteres Spiel der Kontrolle, der Macht. Und wie so oft endet es mit einem diskreten Griff in die Tasche. Ein paar Dollar, ein flüchtiges Nicken, ein gestempelter Pass.

Das nächste Schiff ist kaum besser. Doch der Fluss ist schmaler, die Schönheit näher. Das immergrüne Ufer wirkt dichter, geheimnisvoller. Ich sehe Tiere zwischen Ästen, höre Vögel, Leben. Doch die Reise ist lang und zehrt an mir. Mein Auge entzündet sich, vermutlich vom schmutzigen Wasser. Nach Tagen erreichen wir endlich ein Städtchen im peruanischen Dschungel – das erste mit Straßenanschluss. Ich bin erschöpft. Ich brauche Medikamente für meine Entzündung, suche eine Apotheke. Ich besitze nur noch ein paar Dollar. Die Western-Union-Überweisung lässt auf sich warten. Drei Tage können wir das Hostel nicht zahlen. Dann entdecke ich: 100 Dollar fehlen aus meinem Pass – den ich sicher geglaubt hatte, im Hotelsafe. Nie wieder werde ich einem Safe trauen.

Schließlich erreicht uns das Geld, es geht weiter, mit dem Bus Richtung Küste. Die Fahrten sind selten, unregelmäßig – wir haben Glück. Yuri möchte an den Strand. Ich auch. Doch der Weg zieht sich. Immer wieder muss ich den Fahrer bitten, anzuhalten, damit Yuri ihr Geschäft machen kann. Als er nicht reagiert, drohe ich: Sein Sitz werde nass. Erst dann hält er. Und wie so oft flimmern grausame Filme über den Bildschirm. Ich ziehe Yuri auf meinen Schoß, schütze sie vor den Bildern. Irgendwann hält der Bus für die Mittagspause. In der flirrenden Hitze steigen wir aus. Auf meinem Teller landet zum ersten Mal ein Gürteltier – gebraten, glänzend, fremd.

In Máncora finden wir schließlich eine schlichte Strohhütte direkt am Meer. Der Himmel wolkenverhangen, die Luft kühl – doch wir können atmen, endlich. Wir bauen Sandburgen, sammeln Muscheln, knüpfen aus Treibgut und Fundstücken ein kleines Mobile, das im Wind tanzt. Ein unscheinbares Hippiedorf, still, genügsam. Es reicht, um zur Ruhe zu kommen, bevor wir weiterziehen – zurück nach Ecuador, zurück zur Familie.

Am Abend sitzen wir nebeneinander im Sand. Vor uns das graue Meer, das sich atmend zurückzieht. Ebbe. Der Wind streicht über unsere Haut, trägt ein leises Flüstern mit sich – als würde er uns rufen.

Von Ecuador nach Mexiko

Frühstücken unter Kokospalmen, vor uns der schneeweiße karibische Sand und das siebenfarbige Meer. Die Wellen schäumen weiß und rauschen im Wettstreit mit dem Wind. Der Himmel spiegelt die Farben des Ozeans. Meine Tochter spielt mit einer neuen Freundin Ball – und ich? Ich schaue, ich träume. Ich lausche, ich träume. Ich fühle, ich träume.

Die letzten Tage in Mexiko – wie rasch sie vergehen. Manchmal habe ich das Gefühl, sie gleiten mir durch die Finger wie feiner Sand. Die Minuten, die Stunden, die Tage – alles ist zu schnell. Ich versuche zu genießen, doch die Zeit eilt voran, schneller als mir lieb ist.

Ich erinnere mich an unsere Ankunft. Wir waren müde, dass ich gar nicht recht begriff, dass wir wirklich in Mexiko gelandet waren – weder mit dem Geist noch mit dem Herzen. Ich mag das Fliegen nicht. Im Flugzeug fehlt mir die Zeit, mich zu verabschieden. Es gibt keinen Raum, um loszulassen, keinen Übergang, um innerlich zu reisen – hin zu dem, was kommt, zu einer neuen Landschaft, einer neuen Sprache, neuen Fragen und Antworten. Und zu neuen Menschen – vielleicht Freunde, vielleicht flüchtige Begegnungen. Jedes neue Land bringt auch Abschiede mit sich. Es heißt, wertvolle Verbindungen loszulassen, die oft nur einen Moment lang aufleuchteten – und doch tief berührten. Selbst der Bus erscheint mir manchmal zu schnell. Vielleicht sollte ich einfach nur gehen. Vielleicht ist das die richtige Geschwindigkeit für mein Leben? Zu Fuß...

Ich erinnere mich an Kolumbien. Die Paramilitärs wie auch die Guerilla – sie sind noch immer gegenwärtig. Wir fuhren mit öffentlichen Bussen bis zum Darién. Ich wollte unbedingt diesen sagenumwobenen, schicksalsschweren Landstreifen sehen. Eine Region, in der das Paramilitär herrschte, während auf dem Festland die Guerillas das Sagen hatten. Paramilitärs hier, Guerillas dort – oder umgekehrt. Rote Zone.

Wir schliefen eine Nacht in Turbo – ein Ort, der seinem Namen alle Ehre machte. Ein schmutziges, lautes Loch. Im Wasser trieb der Müll der ganzen Stadt. Am stinkenden Ufer reihten sich Bretterbuden aneinander, in denen Menschen unter den niedrigsten Umständen lebten. Nach unserer Ankunft im Hotel verließ ich das Zimmer nicht mehr – bis wir am nächsten Tag zum Hafen aufbrachen. Dort wartete das Schnellboot, das uns bald aus diesem düsteren Ort hinaustrug. Die Sonne fiel auf das vom Bug aufgewühlte Wasser. Sprühende Tropfen glitzerten in der Luft, kühlten unser Gesicht. Links von uns erstreckte sich der dunkle, dichte Wald des Darién – ein Ort ohne Straßen, ein Ort, der schon viele aufgenommen hatte, die verzweifelt Richtung Norden liefen. Doch der Wald verschluckte sie. Ließ sie verschwinden. Manche durch Bisse giftiger Tiere, Minen, andere durch das Gift der Kämpfer. Wir kamen in einem kleinen Dorf an, direkt an der Grenze zu Panama. Ein verwunschener Ort, verloren inmitten der Wildnis. Die Strände gesäumt von Palmen, der Sand weiß und fein, kleine Buchten schimmerten im Sonnenlicht. Es war ein atemberaubend schöner Ort. Wir wohnten bei einem hartgesottenen, älteren Chilenen, der seit einer halben Ewigkeit ein einfaches Hostal betrieb. Ich konnte bei ihm Languste kaufen und selbst zubereiten, während Yuri friedlich unter dem Moskitonetz schlief.

Abends saß ich mit ihm auf der Veranda, und er erzählte mir seine abenteuerlichen Geschichten – und die dunklen, schwer lastenden Erzählungen dieses Ortes. Immer wieder liefen Boote an den Strand, Boote, die offenkundig nichts in diesem Dorf zu suchen hatten. Doch die Polizei war weit entfernt. Niemand störte sie, solange sie mit den Paramilitärs kooperierten.

Am Abend bauten eben jene auf dem Dorfplatz ein Freiluftkino auf, und die Kinder durften Ice Age schauen. In über dreißig Grad Hitze. Dazu reichten sie den Kleinen Cola und Palomitas – so nennen sie hier das Popcorn aus Mais. Eine absurde Szene. Eine Paradoxie im Herzen eines scheinbaren Paradieses.

Am letzten Tag wanderte ich mit Yuri den steilen Hang zur Grenze hinauf. Atemlos erreichten wir den Hügel. Zwei Grenzwächter lagen in ihren Hängematten, dösten in der Mittagshitze und nickten uns gleichgültig zu, als ich ihnen erklärte, dass wir auf der anderen Seite, in Panama, zum Strand hinuntergehen wollten. Unser Übergang war ihnen gleichgültig – ganz im Gegensatz zu jenen, die diese Grenze verzweifelt und ohne Papiere zu überqueren versuchen.

Wir verbrachten den Tag in Panama, aßen Cigua – Schnecken – und köstlichen Kokosnussreis in La Miel. Am Abend kehrten wir zu Fuß zurück nach Kolumbien. Dieselbe Strecke, die für so viele ein gefährlicher, oft aussichtsloser Weg ins Ungewisse ist, durchschritten wir ohne Hindernisse. Ein paar Schritte nur – durch unsere Pässe wurde uns der Weg geöffnet. Ein Privileg, das beschämt – leise und tief.

Panama. Bocas del Toro – ein friedlicher, zeitloser Ort. Freundliche Menschen, bunte, einfache kreolische Holzbauten, Hitze, unberührte Strände, Schildkröten, die nachts im Sand verschwanden. Alles atmete Langsamkeit.

Dann Costa Rica, die „Schweiz" Mittelamerikas. Ich erwartete zu viel. Alle sprachen in höchsten Tönen von diesem kleinen Streifen Land – ich aber spürte nichts. Die Strände waren schön, die Faultiere bezaubernd, die Nationalparks beeindruckend. Doch Kultur? Fehlanzeige. Das Essen: amerikanisiert. Die Menschen: viele Gringos, zu viele Expatriates, zu viel Party. Jeder Park kostete Eintritt. Vergeblich wartete ich auf ein Echo jener Kultur, die einst da war. Sie ist verschwunden – weggespült vom ganz großen Lebensangebot: Fastfood in der einen Hand, Cola in der anderen, dazwischen ein paar erleuchtete Yogafreaks, ausgebrannte Hippies und übermotivierte Kommunen-Jünger, die Freiheit mit Gruppenzwang verwechseln. Oder was auch immer gerade im Trend war.

Nicaragua. Schönheit. Die Einfachheit der Menschen. Granada – eine wundervolle Kolonialstadt mit pastellfarbenen Fassaden. Estelí – Tabakfelder, Zigarrenfabriken, koloniale Häuser mit bröckelndem Charme. Vulkane am Horizont, Seen im Licht, sattes Grün. In Costa Rica funktionierte alles. In Nicaragua lebte es. Dort war es laut, warm, widersprüchlich – und genau das machte es mir vertraut. Näher als die touristisch durchgeplante Kulisse nebenan.

Und Honduras. Yuri mit 40 Grad Fieber, in der gefährlichsten Stadt der Welt. Doch mein Kind wurde von unserer herzlichen Hauswirtin liebevoll umsorgt. Auf den Straßen fuhren nur Wagen mit verdunkelten Scheiben, ohne Kennzeichen – man wusste nie, wer sich darin verbarg. Vorbei ging es an einem der gefährlichsten Gefängnisse der Welt, hin zur Karibikküste. In der Nacht Gewehrsalven. Am Morgen ein Strand – überflutet von Plastik. Ein solch schöner Ort, langsam zerstört vom Müll, den nicht einmal die Menschen in der Region verursacht haben. Das Meer bringt ihn mit – als stumme Anklage. Und doch: Honduras. So viele liebevolle Menschen. Trotz allem mochte ich dieses Land.

Zurück

Nun sind wir zurück. In Mexiko. Noch einmal. Alle, die wir unterwegs kennengelernt hatten, sind weitergezogen. Nur Yuri und ich sind geblieben. Ich bin krank – eine Grippe. Inzwischen geht es besser, aber solche Momente sind Prüfungen. Für mich. Für sie. Zwei Tage lang konnte ich die kleine Strohhütte nicht verlassen. Wie sehr wünschte ich mir jemanden, der mit ihr gespielt hätte, während ich nur eine Stunde hätte schlafen dürfen! Doch alle waren fort. Und ich hatte mich so sehr auf diese letzten Tage mit meiner Tochter gefreut.

Das Leben lässt sich nicht planen.

Ich vermisse meine letzte Bekanntschaft. Und doch frage ich mich: Vermisse ich ihn – oder vermisse ich das Gefühl, begleitet zu sein?

Vielleicht ist es Letzteres. Und doch denke ich an sein Lachen – es war unversehrt, ansteckend. Ich werde die nächtlichen Meeresbäder und Spaziergänge unter dem Sternenzelt in kostbarer Erinnerung behalten. Es ist ein einzigartiges Gefühl, unter dem weiten, funkelnden Himmel durch warmes Wasser zu gleiten, das die Haut streichelt, wie eine sanfte Hand. Eine weitere Begegnung auf einer langen Reise. Jede war auf ihre Weise lehrreich, kostbar, einmalig. Denn jeder Mensch trägt etwas anderes in sich. Jeder besitzt Stärken, Erfahrungen, Wissen – unabhängig davon, ob er Handwerker oder Arzt ist, Architekt oder Arbeitsloser, Künstler oder Tänzer. Jeder Mensch weiß etwas, das ein anderer nicht weiß. Und genau das berührt mich immer wieder aufs Neue: Dieses Staunen über die Gaben, die uns unterwegs begegnen – und das stille Üben im Loslassen.

Eigentlich hatte ich von Mexiko mehr erwartet. Vielleicht liegt das an der Tatsache, dass ich das Land bereits zum zweiten Mal bereise. Selten entscheide ich mich für eine Wiederholung – diesmal machte ich eine Ausnahme. Ich wollte den Norden kennenlernen.

Doch schlussendlich… war es nicht das, was ich suchte. Zu sehr durchdrungen vom Einfluss der Vereinigten Staaten. Ich hatte mir diesen Teil Mexikos ursprünglicher vorgestellt, wilder, eigenständiger. Yucatán, Quintana Roo und Chiapas berühren mich da tiefer – auch wegen der Menschen. Das Schönste im Norden aber war die Wüste. Ich liebe Wüsten. Ich bewundere alles, was dort wächst. Diese Lebewesen gehören zu den stärksten, die es gibt: Sie durchbrechen das scheinbar Leblose, wurzeln sich durch trockene, rissige Erde, wo kein Tropfen Wasser versprochen ist – und überleben. So wie die Menschen dieser Region. Auch sie wissen zu überleben. Sie wissen, wie man sich das Lebensnotwendige beschafft, oft mit einer stillen Würde und einem tiefen, uralten Wissen. Es ist eine eigene Weisheit, geboren aus Dürre und Wind, aus Entbehrung und Zeit. Und dann gibt es jene, die sich selbst zivilisiert nennen und solche Völker als „primitiv" und „unwissend" bezeichnen – wie blind muss man sein, um solche Arroganz ernsthaft zu glauben. Die Wüste ist weit. Wild. Geheimnisvoll. Gefährlich. Und all das fasziniert mich.

Ich beobachte meine Tochter beim Spielen. Sie ist schon so groß geworden. Wie schnell doch die Zeit vergeht! Sie saugt alles auf mit wachem Blick, erinnert sich an Orte, an Namen, an Begegnungen, die längst verblasst sind in meinem Gedächtnis. Sie kann schon ein wenig schreiben – mit dieser kindlichen Entschlossenheit, die so schön ernst ist. Trotzdem stoße ich – wenn auch selten – immer wieder auf heftige Kritik. Menschen, die meine Reisen infrage stellen, meine Erziehung gegenüber ihr bewerten. Früher versuchte ich noch, mich zu erklären. Heute nicht mehr. Warum auch? Wer sich ein Urteil bereits gebildet hat, sucht nicht nach einem Gespräch, sondern nach Bestätigung. Und wenn dieses Urteil sich für jene Menschen richtig anfühlt, dann ist es eben ihre Wahrheit – nicht meine. Ich mische mich nicht in das Leben anderer ein. Und ich erwarte dasselbe im Gegenzug. Keine Mutter, kein Vater ist perfekt. Wir können unseren Kindern Richtungen zeigen, sie begleiten, führen, an der Hand oder mit dem Herzen. Aber irgendwann bestimmen sie ihren Weg selbst – so wie wir einst unseren gewählt haben.

Der Sand klebt an meiner Haut. Kratzt in den Kniekehlen, zwischen den Brüsten, auf dem Bauch. Der Wind streicht sacht darüber hinweg, und wo seine Kühle auf meine warme Haut trifft, entstehen Gänsehautmomente, fast wie Berührungen. Die Sonne lässt kleine Sternchen tanzen, dort, wo ich die Augen zukneife. Über mir wiegen sich Palmen in der Meeresbrise, werfen bewegte Schatten.

Ich lasse das vergangene Jahr an mir vorüberziehen. So viele Begegnungen. So viele Geschichten. So viel Wandel. Ich würde mit keinem Millionär, keinem Liebespaar, keiner Karrierefrau dieser Welt tauschen. Die Erfahrungen, die ich gemacht habe, sind unbezahlbar. Die einsamen, die schmerzhaften Momente waren lehrreich. Die schönen – einfach nur wunderschön. Ich spüre sie schon: die Sehnsucht nach der nächsten Reise. Wohin sie mich wohl führen wird?

„Hallo, darf ich dir eine Frage stellen?"

„Nur zu", antworte ich auf Französisch.

„Wie machst du das – allein mit einem Kind? Ich habe noch nie eine alleinerziehende Frau gesehen, die so reist. Das ist ja… faszinierend!"

Ich lächle. Ein großgewachsener Mann steht vor mir, braungebrannt, neugierig, ein wenig ungläubig. Sein Blick springt zwischen Yuri, mir – und wieder zurück zu Yuri. Es ist nicht das erste Mal, dass ich diese

Fragen höre. Oft beginnen daraus Gespräche. Manchmal lange, manchmal flüchtige.

Ich zögere kurz. Habe ich Lust, heute zu antworten? „Wie machst du das? Woher nimmst du die Kraft? Meine Schwester hat gerade ein Kind bekommen – sie verlässt kaum noch das Haus. Kann man das überhaupt… schaffen?"

„Nun ja", sage ich schulterzuckend, „du siehst es ja."

Solche Begegnungen bestärken mich in meinem Schreiben. All diese Fragen – sie werden mir gestellt. Persönlich. Direkt. Und ich beantworte sie nicht mit Ratschlägen, sondern mit Geschichten. Ich schreibe subjektiv. Die objektive Wahrheit – sie existiert nicht. Denn meine Geschichten gründen auf Erfahrung. So wie jede Geschichte, die ein Mensch erzählt, immer auf seiner eigenen Wahrheit beruht. Subjektiv, einzigartig, lebendig. Jede Frau, jede Mutter, jeder Mensch muss ihre, muss seine Wahrheit selbst finden.

Ich schreibe, weil ich nicht immer erzählen kann. Nicht jedem. Nicht überall. Ich schreibe, um Mut zu machen. Für Frauen, die ihren Weg gehen wollen. Für Mütter, die glauben, sie müssten sich entscheiden – zwischen dem Kind und sich selbst. Für alle, die vergessen haben, dass sie Schöpferinnen sind: kraftvoll, unperfekt und unendlich genug. Ich gebe keine Tipps. Ich erzähle nur. Von meinem Alltag. Von dem, was ist.

Später essen wir Quesadillas mit einem holländischen Reisenden. Ich merke, wie er sich zu mir hingezogen fühlt. Er ist aufmerksam, respektvoll, interessiert. Aber morgen reisen wir ab. Und ich habe gerade kein Bedürfnis nach einer neuen Begegnung. Also lasse ich los – mit einem Lächeln. Ich gehe mit Yuri zurück in unsere Hütte, lege sie ins Bett, erzähle ihr eine Gutenachtgeschichte. Sie rollt sich eng an mich, klein wie eine Kugel. Ich spüre ihren Atem, das rhythmische Schlagen ihres Herzens, die Wärme ihres Körpers – und mit ihr falle auch ich in einen tiefen, traumlosen Schlaf.

Ich bin optimistisch. Denn ich weiß: Diese Reise als Mutter ist nicht weniger intensiv. Sie ist tiefer. Sie hat mir eine neue Dimension von Freiheit eröffnet – eine Form von Erfüllung, die ich früher nicht für möglich gehalten hätte. Und ja, diese Freiheit hat ihren Preis. Es gibt Monate, in denen ich meine Tochter abgebe, um zu arbeiten. Tage, an denen ich zerrissen bin – zwischen Verantwortung und Selbstfürsorge. Wochenenden, an denen ich versuche, verlorene Zeit aufzuholen, ohne mich selbst zu verlieren. Und trotzdem – oder gerade deshalb – bin ich dankbar. Denn das Leben verläuft nie gerade. Es ist ein ständiges Aufbrechen, Wachsen, Stolpern, Innehalten. Ein Lernen durch Umwege. Und ein Staunen über das, was bleibt.

Es geht nicht um Perfektion. Es geht um jene Momente, in denen wir uns selbst spüren – inmitten der Überforderung, der Liebe, der Hingabe. Nicht das Ziel formt uns, sondern der Weg. Freiheit bedeutet nicht, ohne Verpflichtung zu leben – sondern inmitten der Verpflichtungen zu atmen, zu wachsen, zu träumen. Und loszulassen. Immer wieder loslassen: Menschen, Sicherheiten, Vorstellungen, die uns nicht mehr dienen. Denn nur im Loslassen schaffen wir Raum – für Neues, für Echtes, für das, was uns wirklich nährt.

Und so wird jeder Schritt auf dieser Reise nicht nur ein Schritt nach vorn – sondern auch ein Schritt zurück zu mir selbst. Letztlich sind es nicht die Orte, die uns formen – sondern die Art, wie wir unterwegs sind.

Wie wir in die Augenblicke versinken – und wiederauftauchen.

Wie wir lieben.

Wie wir leben.

Wie wir loslassen.

# KRAFT AUS DER STILLE

*„Trauen Sie sich selbst etwas zu. Trauen Sie*
*dem Leben, das Ihnen ist. Sie sind zu mehr*
*fähig, als Sie denken. Und Ihre Art zu leben*
*wird nicht nur Sie selbst, sondern auch die*
*Welt um Sie herum verwandeln. "*

*Anselm Grün*

Wir fliegen nach Quito – um von dort, einige Wochen später, am frühen Morgen, den Weg Richtung Peru einzuschlagen. Der Nebel hängt noch in den Straßen, wie ein letzter Gedanke der Nacht. Yuri lehnt an meinem Rucksack – halb wach, halb träumend. Ich lese noch einmal einen Tagebuchausschnitt aus den letzten Wochen:

„Von Quito aus fahren wir in den Norden, dorthin, wo kaum noch Touristen sind. In der Grenzstadt, in einer einfachen Holzbaracke, die zu vermieten war, lässt Yuri ihren Schnuller liegen. Und ich merke: Wir sind wieder einen Schritt weiter. Ohne dass ich etwas tun muss. Nach dieser schäbigen Stadt fahren wir weiter – die holprige, einsame Küstenstraße entlang. Ich bitte den Fahrer, bei einem unscheinbaren Schild, das schräg am Straßenrand hängt, anzuhalten. Dort steigen wir aus. Yuri und ich. Ich kenne den Ort. Er ist einer meiner Rückzugsorte. Ein paar Strohhütten am Meer, ein wackeliger Hocker vor der Tür, eine harte Liege mit Moskitonetz. Doch niemand kommt hierher. Es ist ein Ort, der mir gehört. Und genau dorthin will ich zurück – um die Sonnenuntergänge über dem Pazifik zu bestaunen, um nachts den Wellen zu lauschen, die mich in den Schlaf wiegen. Um im Rhythmus von Ebbe und Flut zu leben, mit dem Mond, im natürlichen Gefüge von Licht und Dunkelheit. Ein Leben mit Kerzenlicht, ohne Strom, mit der Sonne als Uhr. Ein Ort, durchzogen von kleinen Buchten, wo mich morgens die Vögel wecken, wo Delfine vorbeischwimmen, manchmal sogar Wale, und am Strand Leguane und Gürteltiere vorbeispazieren. An diesem Ort bleiben Yuri und ich oft über Wochen. Wir leben mit der Natur."

Ein paar Seiten weiter: „Weiter im Süden besuche ich meine Freundinnen. Sie haben ein kleines Hostal aufgebaut, das langsam Form annimmt. Yuri spielt mit den Kindern im Sandhaufen vor der Tür – aufgetürmt auf dem staubigen Erdweg, bereit, um bald beim Weiterbau des Hostals zum Einsatz zu kommen. Ich versuche auszublenden, dass die streunenden Katzen diesen Haufen ebenfalls als Toilette nutzen. Meine Freundin hat ihr Kind im Taxi bekommen, auf dem Weg zum Gesundheitszentrum, das damals noch viel zu weit vom Hostal entfernt lag. Die Tage mit ihnen verbringen wir kochend, lachend, im ständigen Austausch – drei Frauen, verbunden durch ihre Geschichten, durch Mut, Durchhaltevermögen und eine leise, tiefe Vertrautheit."

Und ich blättere zu den letzten Seiten über Ecuador:

„Im Amazonas finde ich drei weitere solcher Orte. An einem Fluss steht eine einfache Blockhütte, meist gemietet von Biostudenten, die hier ihre Arbeiten über Flora und Fauna des Dschungels schreiben. Ansonsten werden die Hütten von den indigenen Bewohnern verwaltet. Mit der Miete unterstütze ich ihre Kommune. Über dem Fluss hängen Lianen, die sich in der Morgenluft hin- und herbewegen. Yuri liebt es, zu klettern. Beim täglichen Flussbad übt sie unermüdlich an einer dieser Schlingpflanzen, kreischt vor Freude und platscht lachend ins kühle Wasser. Ich sitze auf einem von der Sonne gewärmten Felsen und sehe ihr zu. In mir breitet sich eine Ruhe aus, wie sie nur der Dschungel schenken kann. Über uns ziehen kleine Affen, immer zur gleichen Zeit, den gleichen Weg entlang – und springen, zu unserer Freude, direkt über unsere Köpfe hinweg.

Der zweite Ort ist nur mit dem Boot erreichbar. Es ist einer der artenreichsten Regenwälder der Erde. Ich schlafe dort in einer einfachen

Lodge, betreut von zwei Freunden. Ihre Köchin hat mir mehr als einmal geholfen, als mein Medikamentensäckchen an seine Grenzen kam. Yuri litt einst unter den Höhenunterschieden, der Feuchtigkeit, dem ständigen Regen – bekam Ohrenschmerzen. Die Köchin braute Tropfen aus Zwiebeln. Ich träufelte sie vorsichtig in Yuris Ohren, und kurze Zeit später war sie wieder munter. Meine Großmutter kannte die Zwiebel auch als Heilmittel – aber Tropfen daraus waren mir neu. Dort, zwischen dunklen Flüssen, über die sich das grüne Blätterdach spiegelt, und man kaum erkennt, wo das Wasser beginnt – dort, wo wir abends vom Kanu aus in den See springen, natürlich nur in der Mitte, weit weg vom Ufer mit seinen Elektrofischen, Kaimanen, Anakondas und Piranhas – finde ich Frieden. Ich lerne von meinen indigenen Freunden – von ihrem Leid und ihrer Weisheit, die sich im gleichen Rhythmus durch diese einzigartige Natur ziehen. „Gestern hat ein Jaguar Hühner in meiner Kommune gerissen", erzählt mir mein Freund. „Früher hätten wir ihn getötet. Heute leben wir mit ihm. Er ist Furcht und Bewunderung zugleich. Der einzige, der es mit den Kaimanen und Anakondas aufnehmen kann. Er ist unser Gott."

Besonders nah fühle ich mich den Huaorani und den Shuar. Die Huaorani – ein Kriegerstamm – teilen sich in zwei Gruppen: Die einen öffnen sich dem Ökotourismus, sind bereit für Begegnungen. Die anderen bleiben unsichtbar. Sie leben autark, fern von aller Einflussnahme. Noch immer jagen sie mit Blasrohr, verwenden Curare-Gift, oft vermischt mit dem Pfeilgiftfrosch – und leben dabei in tiefer Nachhaltigkeit, missverstanden von vielen, die sich für den Tierschutz einsetzen. Ihr Widerstand gegen die Erdölindustrie, die Leid und Zerstörung in den Dschungel brachte, beeindruckt mich tief. Eine Freundin, die in einem Krebskrankenhaus als Freiwillige arbeitet, erzählt mir, dass die meisten Kinder, die sie dort behandelt, aus den Erdöl- und Blumenanbaugebieten stammen – zwei der wichtigsten Exportindustrien des Landes. Durch undichte Rohre und giftige Abfälle wurde das Wasser kontaminiert. Die Zahl krebskranker Kinder ist erschreckend hoch. Bei den Huaorani kümmern sich die Männer um Jagd und Nahrung, die Frauen um die Zubereitung und das Handwerk. Ein Alltag, der an das Leben steinzeitlicher Menschen erinnert.

Die Shuar sind eine weitere Gemeinschaft, die mich tief beeindruckt. Sie leben in echter Nachhaltigkeit, verbunden durch den Wunsch, ihre Kultur zu bewahren. Sie waren die Ersten, die sich gegen Öl- und Bergbauprojekte zusammenschlossen. In ihrer Welt existiert kein „Ich", nur ein „Wir". Mingas – gemeinsame Arbeitseinsätze – gehören zum Alltag. Sie helfen einander beim Hausbau, beim Anlegen von Gärten, beim Brückenbau. Sie teilen Essen, Wissen, Geschichten."

Der letzte Tagebucheintrag, bevor das neue Land beginnt: „Ich schlafe jeweils bei einer Shuar-Familie, die ich während einer Tour kennenlernte. Heute besuche ich sie privat. Yuri spielt draußen mit den Kindern, im Wald, mit Erde und Blättern. Ich helfe der Frau beim Kochen, Feuer machen, Sammeln. Wir leben im Rhythmus des Waldes. Trotz aller Traditionen versuchen sie, den Tourismus so in ihr Leben zu integrieren, dass eine Balance entsteht – zwischen Bewahrung und Anpassung. Ein schwieriges Unterfangen, aber ein mutiger Versuch."

Und nun sind wir auf dem langen, staubigen Weg nach Peru – und wieder einmal ist alles andere als einfach. An der Grenze zwischen Ecuador und Peru stehen wir inmitten hupender Busse, schwitzender Körper, unter den starren Blicken uniformierter Männer. Ich spüre sie wieder, die alte Beklemmung – wie ein zweites Hemd auf meiner Haut. „Sie brauchen die Bewilligung des Vaters", sagt der Grenzbeamte, ohne Regung. Sein Blick fällt auf Yuris Kinderpass. Ich lächle geübt. Ich kenne dieses Spiel. Und seinen Preis. Es nervt – dieses Spiel. Ein diskret überreichter Geldschein gleitet in eine reglose Hand. Der Stempel kracht trocken aufs Papier. Wir dürfen weiter.

24 Stunden später rollen wir in Lima ein.

Grau.

Nicht die Farbe – ein Zustand. Der Verkehr ist ein einziges Kreischen, die Luft schwer von Abgasen, Stimmen, Hupen. Ich trage Yuri auf dem Rücken durch das Gedränge der Hauptstadt, mein Körper müde, die Nerven blank. Aber wir sind unterwegs. Immer noch.

Von dort geht es weiter nach Ica. Ein Ort wie ausgespuckt von der Wüste. Sandverschluckt, windverweht, vergessen. Wir übernachten in der billigsten Absteige, die ich finden kann – zwischen Lastwagenfahrern, deren Stimmen durch die dünnen Wände dringen wie

Motoren durch den Schlaf. Unser Zimmer hat kein Fenster. Die Hitze hängt unbewegt im Raum. In der Nacht höre ich die Ratten. Sie kratzen hinter der Wand. In der Decke. Unter dem Bett vielleicht? Ich wage es nicht, nachzusehen. Ziehe Yuri näher an mich. Ihr Atem ist ruhig. Ihr Gesicht weich. Sie schläft. Ich nicht.

Ich bewache uns – mit nichts als meinem müden Willen. Aber unser Ziel ist nah.

Machu Picchu. Ich frage mich, ob der Weg dorthin leichter sein wird. Cusco empfängt uns mit schwerem Atem. Nicht nur die Höhenluft macht uns zu schaffen – auch die Stimmung.

Die „heilige Stadt" wirkt wie ein übervoller Marktstand. Jeder will noch ein Stück vom Kuchen. Jeder Moment hat seinen Preis. Sogar ein Kaugummi kostet doppelt – und wird mir nicht ohne zähes Feilschen überreicht. Ich spüre: Der Tourismus hat Spuren hinterlassen. Keine guten.

Und trotzdem – wir sind hier. Und Machu Picchu wartet.

Die meisten reisen in organisierten Gruppen an – auf mehrtägigen Wanderungen mit Trägern, Zelten, Guides. Für uns ist das keine Option. Finanziell… nein. Aber das macht nichts. Ich weiß: Unser Weg wird ein anderer sein – und dennoch ganz und gar richtig.

Am nächsten Morgen nehmen wir den Zug nach Aguas Calientes, der letzten Station vor der Ruinenstadt. Der Zug rattert durch wilde Landschaften, als würde er uns durch die Zeit führen. In Aguas Calientes finden wir ein Zimmer in einem bunten, Reggae-Hostal. Bunte Wände, wacklige Möbel, weiche Musik. Und dort treffen wir sie: Maria und Fernando.

Auf den ersten Blick wirken sie wie zwei, die sich aus Versehen in dieses Hippie-Hostal verirrt haben. Maria, rundlich, laut, mit einem Blick, der alles durchdringt. Fernando, groß, schwer, in schwarzem Heavy-Metal-Shirt, sein Bart wild wie das Land. Zwei Motorradfahrer, unterwegs durch Südamerika – fast klischeehaft. Und dann reden wir. Fernando, der Philosoph. Wir reden über Bücher, als wären sie alte Freunde, Geliebte, Erinnerungen. Über Hesse, Allende, Márquez. Er denkt, bevor er spricht. Und wenn er spricht, dann öffnet sich etwas. Maria, die Politische. In einer stillen Nacht erzählt sie mir ihre Geschichte.

Wie Pinochets Männer ihr Haus stürmten. Wie sie die Bücher ihres Vaters in den Garten warfen. Wie das Feuer stieg, als könnte es Gedanken verbrennen. Ihr Vater, Professor. Leser. Ein Mann der Worte. Er sprach nie wieder laut über seine Ideen – aber Maria hörte sie trotzdem. Heute arbeitet sie mit Kindern. In Tagesstätten. Mit Liebe, mit Stärke, mit unerschütterlicher Hoffnung. „Die Kleinen sind unsere Zukunft. Sie haben es verdient, dass wir kämpfen." Maria und Fernando – Geschwister.

In diesen Tagen baden wir zusammen in den Thermalquellen, wandern durch die Anden, lachen viel, reden tief, schweigen schön. Wir sind wohl die einzigen, die sich Zeit lassen. Die nicht nur Machu Picchu sehen wollen – sondern auch das, was drumherum lebt. Und dann, endlich: der Aufstieg.

Yuri und ich nehmen den Minibus bis zum Fuße der Ruinenstadt. Dann geht es steil hinauf, den Bergweg entlang, Treppe um Treppe. Wir zählen, wie so oft. Eins, zwei, drei… Die Touristen der Morgengruppen sind schon wieder auf dem Rückweg. Die Stadt gehört fast uns.

Machu Picchu liegt vor uns – still, erhaben, geheimnisvoll. Ich sehe es nicht nur. Ich spüre es. Die Geschichte, die in den Steinen lebt. Die Wasserkanäle. Das Wissen der Inkas. Die Hände, die all dies erschaffen haben. Yuri tanzt über die Steine. Ich folge ihr langsam, voller Staunen. Stundenlang schlendern wir durch diese Welt. Es ist, als wolle sie uns etwas zeigen, das man nur erkennt, wenn man in sich geht.

Abends kehren wir zurück ins Hostal. Müde. Glücklich. Voll. Ein letzter Abend mit Maria und Fernando. Wir sitzen draußen auf der Dachterrasse, trinken Tee – und der Abschied liegt schon in der Luft. Ich weiß nicht, ob wir uns je wiedersehen. Aber sie bleiben. In uns. Zwei Seelen wie seltene Bücher: schwer zu finden, unmöglich zu vergessen.

Titicaca-See – Ankommen auf den schwimmenden Inseln
In mein Tagebuch schreibe ich:

*„Henry Matisse: Man darf nicht verlernen,*
*die Welt mit den Augen eines Kindes zu*
*sehen."*

Wir fahren hinaus auf den Titicaca-See, der sich vor uns ausbreitet wie ein stiller Ozean – tief, weit, scheinbar ohne Ende. Die Sonne scheint, doch die Kälte bleibt. Sie kriecht durch die Kleidung, in die Haut, bis in die Knochen. Der höchstgelegene schiffbare Süßwassersee der Welt. Als wir die schwimmenden Inseln erreichen, empfangen uns die Menschen mit offenen Armen. Ihre Hütten aus Schilfrohr schwanken sanft auf dem Wasser, das leise unter unseren Füßen plätschert. Vögel wiegen sich im Wind. Eine fremde Welt – und doch fühlt sie sich an wie ein Zuhause, das uns einlädt, zu bleiben. „Kinder müssen hier nicht leise sein", denke ich, während Yuri neben mir herläuft. Man macht ihr Platz – nicht nur körperlich, sondern auch seelisch. Ihr Lachen, ihre Neugier, ihr Spiel sind willkommen. Kein Störfaktor, sondern Teil des Ganzen. Überall auf dieser Reise spüre ich: Kinder sind in Südamerika nichts, was stört. Sie werden nicht weggeschoben, nicht belächelt, nicht als Hindernis betrachtet. Im Gegenteil – sie sind Gesprächseinstieg, Brücke, Herzensöffner. Fremde reichen Yuri die Hand, bieten ihr einen Platz, ein Stück Obst, ein Lächeln. Und hier, auf diesen Inseln, zeigt sich das besonders deutlich. Mit jedem Schritt wird der Raum um uns weiter. Wir sind nicht nur Gäste. Wir gehören dazu.

Die Menschen leben vom See, von dem, was er ihnen gibt: Mais. Fische. Das Schilf selbst – Baumaterial, Lebensgrundlage, manchmal sogar Nahrung. Ein halbes Jahr dauert es, bis eine neue Insel entsteht. Uru nennen sie sich – ein Wort, das „schüchtern" bedeutet. Sie leben fern vom Festland, auf schwankenden Welten. Doch der See verändert sich. Er ist krank. Die Verschmutzung nimmt zu – Schwermetalle aus illegalen Goldminen, Abwässer der Städte, das Wachstum der Bevölkerung. Die Fischgründe schrumpfen. Eingeschleppte Arten verdrängen die einheimischen.

Manchmal, erzählen sie mir, schneiden sie eine Insel in der Mitte durch, wenn es Streit gibt. Eine einfache Lösung. Radikal. Und fast poetisch. Ich liebe ihre Boote – sie erinnern mich an Wikingerschiffe: geschwungene Linien, uralte Handwerkskunst auf dem Wasser. Die Sonne wärmt uns noch am Tag. Doch sobald sie hinter den Hügeln versinkt, bricht die Kälte herein.

Wir liegen eng aneinander im ungeheizten Schlafsaal des Hostals, eingehüllt in alles, was unsere Rucksäcke hergeben. Ich ziehe Yuri die Mütze über die Ohren, ziehe auch meine tiefer ins Gesicht. Ihre kleinen Hände suchen meine. Ein müdes „Mama", kaum hörbar. Wir kuscheln uns zusammen, halten die Kälte draußen, so gut wir können. Der Schlaf kommt langsam. Doch die Nähe trägt uns durch die Nacht. Es ist einer dieser Momente, in denen ich die ganze Tiefe dieser Reise begreife. Mit einem Kind zu reisen, bedeutet nicht nur, die Welt zu entdecken. Es bedeutet, sich selbst neu zu sehen. Inmitten all der Unsicherheit, all der Unbequemlichkeit entsteht eine Nähe, die sich kaum in Worte fassen lässt. Diese Reise schenkt uns Zeit – Zeit, die im Alltag oft verloren geht zwischen Terminen, Arbeit, Verpflichtungen. Und sie schenkt mir einen Blick, der nicht meiner ist: Die Welt durch die Augen eines Kindes. Ein Blick, der nicht abwägt, sondern staunt. Ein Blick, der fragt, wo Erwachsene längst erklären wollen. Ein Blick, der erinnert, worauf es wirklich ankommt.

Von Copacabana fahren wir weiter nach La Paz. Es ist nicht unser erster Besuch – und doch zieht es mich zurück. Zurück auf den Zaubermarkt, der mich immer wieder in seinen Bann schlägt. La Paz liegt schwer auf fast 4000 Metern – die Luft ist dünn, die Stadt kantig. Alles hier fordert Widerstand. Und doch – sie lässt mich nicht los. Ich schlendere durch die engen Gassen des Markts, vorbei an Ständen, an denen Frauen mit kräftigen Unterleibern und dicken Strümpfen ihre Waren anpreisen. Ihre Röcke schwingen mit jeder Bewegung. Ihre Gesichter sind verschlossen, ihre Blicke abwartend, manchmal abweisend – und doch muss ich lächeln. Weil sie eine Stärke – einen Trotz – ausstrahlen, die sich nicht erklären lässt.

Eine Kraft, geboren aus Jahrhunderten der Standhaftigkeit.

Die Verkäuferinnen erzählen mir von ihren Heilmitteln, die sie an ihren skurrilen Ständen feilbieten: Tränke, um die Liebe eines Mannes zurückzuholen. Essenzen, um Kinder zu empfangen, das Glück zu gewinnen, das Böse abzuwehren. Kleine Fläschchen, gebündelte Kräuter, geheimnisvolle Öle. Dazwischen hängen getrocknete Lama-Föten, Schlangenhaut, zerstoßene Wurzeln und bunt bemalte Talismanfiguren –

ein Markt voller Magie und Aberglauben, Hoffnung und Verzweiflung, Leben und Tod in einem Atemzug.

Yuri wird irgendwann ungeduldig. Sie hat sich einen kleinen, glitzernden Stein ausgesucht – angeblich hilft er bei irgendetwas, doch ich habe längst vergessen, wobei genau. Für sie ist es einfach ein Schatz. La Paz ist faszinierend – und anstrengend. Ohne viel Geld bleibt uns nur eins: Gehen. Und in La Paz bedeutet das: rauf und runter, rauf und runter – die Straßen steil wie Gebirgszüge. Abends fallen wir erschöpft in die Betten unseres einfachen Hostals, das schräg am Hang steht. Durch das Fenster sehen wir das Lichtergewimmel der Stadt, das sich in die Schluchten verliert – ein flimmerndes Chaos aus Häusern, Leben, Lauten. In dieser Stadt aus Staub, Zauber und Höhenluft verlieren wir uns und finden uns zugleich – im Chaos der Märkte, im Glitzern eines Steins, in der Stille der Nacht, wenn draußen das Lichtermeer flimmert und drinnen nur das leise Atmen meines Kindes zu hören ist.

La Paz ist ein Ort, der rüttelt, schüttelt – und gerade deshalb bleibt. Vielleicht ist es das, was diese Reise so besonders macht: Dass wir nicht festhalten müssen, um zu spüren, was zählt. Und dass wir in der Bewegung manchmal tiefer ruhen als an jedem sicheren Ort.

Yuri schläft. Ihre kleinen Finger umklammern ihren glitzernden Stein. Ich sehe sie an – und weiß: Wir sind genau da, wo wir sein sollen.

Zum dritten Mal sitze ich im Bus, der sich über die legendäre „gefährlichste Straße der Welt" windet – die Yungas. Und wieder taste ich mich mit dem Blick vorsichtig zum Fenster hinaus, wo sich tief unter uns Schluchten auftun, sechshundert Meter und mehr. Oft hängt das Rad schon fast in der Luft. Mein Magen zieht sich zusammen, mein Atem stockt. Es ist ein Spiel mit der Angst, ein Tanz entlang des Abgrunds. Kurve für Kurve tasten wir uns hinab. Erst karg, windig, kühl – dann allmählich feuchter, wärmer, grüner. Die Landschaft atmet anders. Die Luft wird weicher, die Enge weicht einer stillen Weite. Kokaplantagen tauchen auf, dazwischen Kaffeebüsche, leuchtende Früchte – all das gehört zur Yungas-Region, weit unten, fernab vom über 4500 Meter hohen Pass, den wir Stunden zuvor überquert haben.

Erleichtert, ausatmend, ein wenig benommen erreichen wir Rurrenabaque – ein quirliges Städtchen am Rand des Amazonas, das ich einfach mag. Die Menschen sind herzlich, die Stimmung gelassen. Kleine, sympathische Hostals mit Hängematten unter tropischen Pflanzen laden zum Verweilen ein. Man hört dem Fluss zu, und das Leben hält kurz den Atem an. Ein Gewirr aus staubigen Gassen, feuchtheißer Luft, Rucksackreisenden und einem hölzernen Anlegesteg, an dem bunte Boote träge im Wasser schaukeln – ein Ort, der zum Verweilen einlädt.

Wir buchen eine Bootstour in die Pampas. Drei Tage, zwei Nächte, eine einfache Unterkunft. Ich stelle mir Stille vor. Sonnenuntergänge über Flüssen. Tiere in Freiheit. Ich denke an rosa Delfine, an Kaimane, an das Glitzern der Sonne auf dem braunen Wasser. An Yuri, wie sie mit weit geöffneten Augen die Welt vom Boot aus betrachtet – staunend, still.

Doch schon am Hafen spüre ich: Dieser Ausflug wird anders. Lautes Lachen. Bierdosen klirren. Eine Gruppe junger Touristen klettert vor uns ins Boot. Einer trägt eine tragbare Anlage, die anderen Flaschen. Ihre Rucksäcke scheinen weniger mit Erfahrung gefüllt als mit Erwartungen an Ekstase. Ich schlucke. Vielleicht wird's ja besser. Wird es nicht. Wir schaukeln durch eine der artenreichsten Gegenden dieser Erde. Reiher stehen wie Statuen im Schilf, Affen turnen durch die Baumkronen, rosa Delfine durchbrechen das Wasser, als wollten sie uns etwas zeigen. Capybaras – Wasserschweine – suhlen sich am schlammigen Ufer der trägen fließenden Ströme.

Dazwischen: dröhnende Musik, englische Witze. Yuri sitzt dicht an mich gelehnt, ruhig, wach, vielleicht auch ein wenig verwundert. Ich versuche, das Schöne zu sehen. Doch es fällt mir schwer. In der Nacht höre ich nicht nur das Atmen des Dschungels, sondern auch den Bass aus einer mitgebrachten Box. Sie feiern. Sie tanzen. Sie lachen. Für sie ist es ein Abenteuer. Für mich ist es fehl am Platz. Ich sehe, wie sehr diese Orte zu einer Kulisse geworden sind. Wie wenig sie noch mit dem Leben der Menschen zu tun haben, die hier wohnen. Und noch weniger mit der Natur, die sie umgibt. Die Guides sind freundlich, geduldig. Ich frage mich, wie oft sie das schon erlebt haben. Wie oft sie ihre Geschichten wiederholen mussten, ohne dass jemand hinhört. Während jemand einen Drink mischt.

Am zweiten Tag gleiten wir allein durch die Seitenarme des Flusses. Yuri taucht ihre Hand ins Wasser, beobachtet Libellen, die über die

Oberfläche tanzen. Ein Kaiman blinzelt aus dem Dickicht. Die Luft riecht nach Erde. Nach Leben. Ich atme. Und bin wieder da.

Der Weg zur Grenze zieht sich. Ein überfüllter Bus schleppt sich über staubige Straßen, holpert über zerfurchte Erde. Menschen sitzen eng aneinander, schwitzen, schweigen. Geplatzte Reifen, flüchtige Gespräche mit Fremden. Ich teile die unbequeme Fahrt mit einem anderen Reisenden. Wir sind die Einzigen, die diese entlegene Grenze überqueren wollen. In solchen Stunden ist man auf sich selbst zurückgeworfen – und nutzt die Nähe, um sich für einen Moment zu öffnen. Man erzählt, hört, spürt – und trennt sich, sobald das neue Land die Wege teilt. Doch auch diese flüchtigen Begegnungen hinterlassen Spuren. Sie lehren. Erweitern. Öffnen.

Yuri schläft auf meinem Schoß, während der Bus über Schlaglöcher tanzt. An der Grenze zu Brasilien atme ich auf. Ein leises Wiedererkennen – nicht nur geografisch. Auch in mir. Ein kleines Boot bringt uns über den Grenzfluss.

Foz do Iguaçu

Schon der Name klingt wie ein Versprechen – und er hält, was er verspricht. Die Wasserfälle tosen mit einer Urkraft, die nicht nur beeindruckt, sondern erschüttert. Ich stehe auf der Plattform, das Gesicht nass vom Sprühregen. Das Wasser stürzt in Hunderten Kaskaden in die Tiefe, reißt Gestein mit sich – und mit ihm Gedanken, Müdigkeit, alte Bilder. Es ist eine Reinigung, äußerlich wie innerlich. Diese Fälle stehen den Viktoriafällen in nichts nach.

Yuri jauchzt, als sie Regenbögen in der Gischt entdeckt. Sie will näher ran. Ich ziehe sie an mich – wir werden trotzdem nass. Und lachen.

Es sind nicht die Städte, nicht die Hotels, nicht die Sehenswürdigkeiten, die diese Reise so besonders machen. Es sind diese Augenblicke. Der Blick in die unendliche Gischt. Das Lachen meines Kindes. Der Gedanke: Wir sind hier. Jetzt. Trotz aller Mühseligkeiten. Trotz der wackligen Busse.

In Foz bleiben wir nur kurz. Und doch hallt dieser Ort nach – wie eine Reinigung. Wie eine Erinnerung: Dass es weitergeht. Und dass jede Rückkehr auch ein Neubeginn sein kann.

Von Foz aus ziehen wir weiter gegen Westen. Die Landschaft verändert sich, die Vegetation wird dichter, der Boden färbt sich in ein tiefes Rot – fast wie geronnenes Blut. Erde, die Geschichten trägt. Ich habe den Film The Mission noch im Kopf. Die Musik, die Bilder, das Echo des Schmerzes. Und plötzlich stehe ich mittendrin. Die Jesuitenruinen tauchen auf – überwuchert von Lianen, weichgezeichnet von der Zeit. Stille liegt über dem Ort, und doch spricht alles hier: die Steine, die Mauern, die geschnitzten Heiligen in den Nischen. Ich denke an jene, die hier lebten, glaubten, kämpften. An das, was bewahrt werden sollte. Und an das, was für immer verloren ging. Wir bleiben. Wochenlang. Ich gebe einer Argentinierin Deutschunterricht. Sie betreibt ein schlichtes Hostel, ruhig, bescheiden. In den frühen Morgenstunden, wenn Yuri noch schläft, sitzen wir auf ihrer Holzveranda. Der Mate dampft, Hühner laufen durch den Garten. Ich erkläre Artikel, Fälle, die seltsame Logik der deutschen Sprache. Sie erzählt mir vom Leben, von diesem Ort. Ihr Mann mäht jeden Morgen den Rasen – mit einer Tasse Kaffee in der Hand. Wegen der Schlangen, sagt er. Sobald das Gras zu lang wird, kriechen sie durch den Garten. Giftig, lautlos. Der Abschied fällt schwer. In diesen Wochen sind wir uns nähergekommen.

Buenos Aires
Die Stadt fühlt sich an wie ein Aufprall. Nach Wochen im Rhythmus der Natur: Beton, Lichter, Tempo, Musik. Und doch sprechen selbst hier die Fassaden – von Geschichte, von Sehnsucht, von Schmerz. Verlassene Banken mit zersplitterten Scheiben gähnen leer in die Straßen. Stumme Zeugen wirtschaftlicher Krisen. Sie erzählen von Brüchen, von Verlust.

Wir wohnen in einem Mehrbettzimmer in einem alten Hostel im Viertel San Telmo. Ich teile es mit jungen Israelis – frisch aus dem Militärdienst, hungrig auf Leben. Ihre Geschichten sind schwer, ihre Energie unerschöpflich. Mit einer Natürlichkeit, die mich rührt, kümmern sie sich um Yuri. Kaufen Eis. Spielen. Lachen. Und ich? Ich sitze einfach mal daneben. Lese. Lächle. Und genieße.

Die Charaktere dieser jungen Männer erinnern mich an meine Freunde in Israel – Freunde, mit denen ich noch immer in Kontakt stehe, der Zeit und der Distanz trotzend. Es ist ein Volk, das oft als hart, unnahbar, stolz beschrieben wird. Manchmal unfreundlich. Mit einer Direktheit, die irritieren kann. Doch hinter dieser Fassade liegt etwas anderes: eine Tiefe, eine Aufrichtigkeit, ein Herz, das – einmal geöffnet – für immer bleibt. Freundschaften dort sind wie Wurzeln in trockenem Boden: unerschütterlich. Sie halten. Ein Leben lang.

Ich mag San Telmo. Die Tangoklänge, die durch die Gassen wehen, die Märkte, die Museen. Die Kunst. Wenn Yuri mitmacht. Manchmal wird sie ungeduldig, will Eis. Dann gehen wir. Israelische Großzügigkeit sei Dank. Die Abende aber fordern uns. In Argentinien isst man spät. Viel zu spät für Yuri. Ich suche nach Brot, nach etwas Warmem – früher als der Rest der Stadt. Meist bleiben Kekse, Früchte. Manchmal Reis in einer kleinen Garküche. Oder ein Hamburger bei einer Kette, deren Leuchtreklame ich lieber meide. Nicht mein Stil. Und doch: Ich finde mich ein.

Wir reisen zu den Pinguinen. Yuri kann es kaum erwarten. Ich weiß nicht viel über die Peninsula Valdés. Nur, dass dort diese kleinen, schillernden Wesen leben – und ich freue mich mit ihr. Ich liebe sie ebenfalls: wie sie Purzelbäume schlagen, watscheln, mit treuherzigen Augen in die Welt blicken. Wie sie tollpatschig perfekt sind. Wir begegnen auch Walrossen. Ihre Laute klingen tief, heiser, uralt. Ich habe nie zuvor einen solchen Klang gehört. Sie wirken merkwürdig, fast mythisch, ganz anders als die trägen Robben, die sich nicht weit entfernt in der Sonne räkeln. Guanacos ziehen vorbei, Wind fegt über die Küste. Trotz Sonne ist es kalt. Rau. Archaisch. Ein Ort mit eigenem Herzschlag. Mystisch, irgendwie.

Über die Anden fahren wir nach Chile. Die Busfahrt ist eine Herausforderung. Yuri hat Durchfall. Der Fahrer besteht darauf, dass die Toilette nicht für „größere Geschäfte" freigegeben ist. Der Bus schaukelt durch die Anden, das Wasser in der Toilette schwappt hin und her. Irgendwann wird sie entleert. Und Yuri muss dringend. Ich versichere dem Fahrer, dass sie nur pinkeln will. Natürlich stimmt das nicht. Ein großer Haufen landet in der Schüssel. In den Kurven putze ich notdürftig mit Klopapier alles heraus – in der Hoffnung, dass es unbemerkt bleibt. Natürlich bemerkt er es. Schimpft laut. Ich erzähle wieder meine Geschichte: Er könne froh sein – die Alternative wäre der Sitz gewesen.

Ich habe immer eine Windel dabei, auch wenn Yuri längst trocken ist. Ich versuche, sie zu überzeugen, sie für den Rest der Fahrt zu tragen. Ein Riesengeschrei. Schließlich gebe ich seufzend auf. Endlich schläft sie ein. Ich lege ihr vorsichtig die Windel unter.

Santiago empfängt uns mit anderem Licht, anderem Spanisch. Die Luft scheint anders. Und doch wartet dort etwas Vertrautes: Maria. Sie öffnet die Tür mit einem Freudenschrei, nimmt uns fest in die Arme. Ihr Lächeln ist noch immer dasselbe wie in Aguas Calientes. In ihrer Wohnung verbringen wir Ostern. Ich habe kein Material. Kein buntes Papier, keine Körbchen. Aber ich habe Zeit, Ideen – und Yuri. Wir färben Eier mit Naturfarben – Zwiebelschalen, Rotkohl, Rote Beete. Basteln mit Altpapier und bemalen Steine. Wickeln Blumen in Servietten. Marias kleines Haus verwandelt sich leise in eine Osterwelt. Nicht bunt. Aber liebevoll. Nicht perfekt. Aber voller Herz. Yuri lacht, wenn sie mit selbstgebastelten Hasenohren durchs Wohnzimmer hüpft. Maria schaut zu, die Hände um eine dampfende Tasse Kaffee geschlungen. Oder sie spielt Yuri chilenische Kinderlieder vor, tanzt mit uns durch den Garten. Am Ostersonntag sitzen wir zu dritt auf der Plaza. Maria und ich trinken Kaffee. Yuri jagt Tauben. Ein stiller Moment im Trubel der Stadt. Einer jener seltenen Augenblicke, in denen die Welt nichts will – außer, dass man da ist.

Es geht weiter in die Atacama-Wüste, eine der trockensten der Welt. Hoch oben in den Anden übernachten wir in San Pedro. Nachts ist es eisig kalt, tagsüber brennt die Sonne erbarmungslos auf unsere Köpfe und unbedeckten Körperteile. San Pedro ist eine Oase, auch wenn das Grün hier spärlich bleibt. Die Häuser sind aus Lehmziegeln, farblich der Umgebung angepasst.

Wir besuchen die Geysire, die mit Kraft aus dem trockenen Boden schießen, das Tal des Mondes, das im orangenen Licht des Abends tatsächlich wie eine fremde Welt wirkt, und beobachten Flamingos – pinke Farbtupfer vor tiefblauem Himmel und schneebedeckten Andengipfeln. Wir 0wohnen in einer einfachen Unterkunft – Lehmhausbaracken mit eiskalten Nächten, aber gutem Budget. Abends spazieren wir zu einem Hostel, das im Innenhof ein Feuer entzündet. Ein paar Reisende wärmen sich dort. Wir setzen uns dazu, eingewickelt in

Wolldecken, und lauschen den Geschichten. Yuri spielt mit einem Stock im Feuer. Es scheint niemanden zu stören. Die Naturwunder dieser Wüste, am frühen Morgen und späten Abend, sind ein Erlebnis für sich.

Wir bereuen nicht, den Weg in die Höhe auf uns genommen zu haben.

# AM ENDE DER WELT

*„Was du liebst, lass frei. Kommt es zurück,*
*gehört es dir – für immer."*

*Konfuzius*

Und dann zieht es uns weiter. Südwärts. Immer weiter. Bis ganz ans Ende: Ushuaia. Die südlichste Stadt der Welt. Ich erinnere mich an einen Kinofilm, den ich einst mit meiner früheren Freundin gesehen habe – einer der letzten Abende, die wir miteinander verbrachten, bevor sie einen anderen Weg gehen wollte. El viaje von Fernando «Pino» Solanas – ein filmisches Plädoyer über die sozialen und politischen Umstände Südamerikas. Der Film hat mich nicht mehr losgelassen. Seitdem wollte ich diesen Ort sehen, am Rand der Welt, nur 1600 Kilometer vom Südpol entfernt.

Unsere letzte Nacht verbringen wir in Chile. Früh am Morgen steigen wir in den Bus Richtung Grenze. Doch schon jetzt verheißt Yuris Laune nichts Gutes. Sie bockt, widerspricht, will etwas anderes essen als unser vorbereitetes Picknick. Unser Streit eskaliert an der Grenze – ausgerechnet dort. Als der Grenzbeamte zum wiederholten Mal eine Szene wegen der Einverständniserklärung des Vaters macht und Yuri auf die Frage, ob ich ihre Mutter sei, trotzig mit „nein" antwortet, könnte ich im Boden versinken. Ich blicke sie an – mein Blick sagt mehr als tausend Worte. Dann stelle ich mich den Fragen des Beamten, während der Bus draußen mit all seinen Insassen geduldig auf uns wartet.

Hinter uns sitzen ein paar Reisende. Ihrem Dialekt nach stammen sie wohl aus dem Norden Europas – Kelten vielleicht, ihr Englisch rollt das „r", lässt das „th" verschwinden, klingt melodischer als das ihrer ehemaligen Widersacher. In ihren Stimmen liegt ein Windhauch von Slang. Yuri ist fasziniert von den jungen Männern, wendet sich heute lieber ihnen zu als mir. Sie holt ihre Marionette hervor – ein Geschenk einer Bekannten aus Rosario – und beginnt mit ihnen zu spielen. Die Männer lassen sich darauf ein, lachen, plaudern, reagieren freundlich auf ihre kleinen Stöße gegen die Vorderlehne ihrer Sitze.

Neben mir sitzt eine Französin – eine Bretonin, wie sie sagt. Auch sie: keltische Wurzeln. Sie, Loan, stammt von einer windgepeitschten Insel mitten im Atlantik. Die Reise nach Ushuaia passt zu ihr. Wir verstehen uns auf Anhieb. Es gibt eine stille Vertrautheit zwischen uns, ein unaussprechliches Band. Ich schließe die herbe Frau mit ihren wilden Locken sofort ins Herz. Während Yuri sich hinten amüsiert, spreche ich mit Loan. Während einer kurzen Mittagspause in einer windschiefen Imbissbude am Straßenrand kümmern sich die jungen Männer liebevoll um Yuri. Ich versuche, der Gruppe gegenüber nicht zu aufmerksam zu sein. Aber immer wieder treffen sich unsere Blicke.

Als wir Ushuaia erreichen, ist der Himmel bereits mit Sternen besprenkelt. Der Wind ist anders hier – er trägt den Geschmack von Eis, von Kälte. Die Farben des Abends sind blass, fast pastellfarben, der Horizont unendlich. Yuri muss sich von ihren neuen Freunden verabschieden. Sie fragen, wo wir unterkommen. Loan und ich haben uns bereits mit Hilfe eines Reisebuchs für eine einfache, aber gemütliche Unterkunft entschieden. Die Männer ziehen weiter – jemand hat ihnen ein anderes Hostal empfohlen. Unser Gästehaus ist warm und freundlich. An der Rezeption hängt eine Einladung zum Grillabend. Spontan tragen wir uns ein. Nicht kochen zu müssen – wie wunderbar. Ich bin gerade dabei, meine Passnummer zu notieren, da scharrt die Holztür knarrend über den Boden. Ein kalter Windstoß streift uns. Lachen. Die Männer stehen da. Yuri fehle ihnen, sagen sie. Außerdem sei das andere Hostal eine Enttäuschung gewesen.

Wir ziehen zu dritt in ein Vierbettzimmer: Loan, Yuri und ich. Gleich unter die Dusche. Der Atem stößt kleine Dampfwolken aus, als wir zitternd wieder herauskommen. Schnell in die wärmsten Kleidungsstücke, die der Rucksack hergibt. Im Aufenthaltsraum knistert ein Kaminfeuer. Yuri plumpst auf das Sofa, ein Spiel in der Hand, ein Buch daneben. Ich koche ihr eine heiße Schokolade, dann eine stärkende Bouillon-Reissuppe. Kurz darauf liegt sie erschöpft im Bett. Als ich vom Bad zurückkomme, schläft sie bereits. Ich schleiche zurück ins Kaminzimmer – ein paar Minuten noch Wärme, bevor ich mich in den kalten Schlafsaal zurückziehen muss.

Wir beginnen zu sprechen. Und je länger wir reden, desto mehr zieht es uns zueinander. Da ist diese schwer fassbare Kraft. Wir spüren sie beide. Und dennoch kämpfen wir dagegen an – gegen das, was wir nicht begreifen können. Die Kraft gewinnt. Abends sitzen wir am Kamin, sprechen, sprechen, sprechen. Tagsüber ist jeder von uns für sich. Ich erkunde mit Yuri die Stadt, sehe die Szenen aus „el viaje" in meinem Kopf, entdecke die gleichen Gebäude, die gleichen Straßen. Wir spazieren am Ufer entlang, sammeln Steine. In der Ferne Schnee. Ushuaia flüstert: Du bist angekommen.

Ich schreibe in mein Tagebuch:

*„Reisen macht einen bescheiden. Man erkennt, welch kleinen Platz man in der Welt besetzt."*

*Gustave Flaubert*

Und manchmal ist genau das der schönste Ort.

Ushuaia – das Ende der Welt. Oder ist es der Anfang? Es fühlt sich nicht an wie ein Ende, sondern wie der leise Anfang von allem, was noch kommen könnte. An einem Nachmittag gehe ich mit Yuri an einem kleinen Bergbach entlang. Unsere Schritte hinterlassen flüchtige Spuren im moosigen Boden. Wir bauen eine Staumauer. Yuri lacht, als das Wasser darüber hinwegströmt, sich seinen eigenen Weg sucht. Der Bach zeigt uns, dass man das Leben nicht aufhalten kann. Es fließt. Immer.

Vielleicht denke ich zu viel. Wahrscheinlich verwirrt mich die Begegnung mit ihm. Wenn ich mit Yuri unterwegs bin, spüre ich, wie jede

Faser meines Körpers sich nach ihm sehnt. Diese Nähe, diese stille Kraft. Ein Magnet. Sie befremdet.

Wir fahren zum südlichsten Punkt Südamerikas. Hinter uns: uralte Wälder. Vor uns: das offene Meer. Der Horizont zieht sich bis zum Ende der Welt. Ich blicke in die Ferne – in Gedanken schon am Südpol. Wie viele haben hier wohl gestanden, mit Blick auf das Ungewisse? Bereit, den letzten Abschnitt der Erde zu betreten, unsicher, ob sie je zurückkehren würden?

Am Abend sitze ich ihm gegenüber. Er ist mir fremd – und doch nicht. Ein Teil von etwas, das ich vielleicht schon immer gekannt habe. Diese Nähe – jenseits von Worten. Vielleicht gibt es Begegnungen, die nicht von dieser Welt sind. Vielleicht ist dies eine von ihnen. Aber wir wissen es nicht. Noch nicht.

Die Zeit zieht vorbei. Wie die Wellen des Ozeans. Der letzte Abend neigt sich dem Ende zu. Wir sitzen draußen – Loan, Yuri, die Männer und ich – auf kalter Erde. Über uns ein Himmel, übersät mit Sternen. Und da ist sie, diese Frage, die keiner stellt, die aber spürbar in der Luft hängt: Wird es ein Wiedersehen geben? Oder bleibt uns nur dieser eine Moment?

Er schaut mir in die Augen, und in diesem Blick liegt mehr als nur Schweigen. Ich schiebe die Gedanken vor mich hin. Heute zählt nur das Hier und Jetzt. Nur das Gefühl, das uns durchströmt, in einem Ort, der so weit entfernt ist von allem.

Am nächsten Morgen ist es still, als wir aufbrechen. Zu still. Die Gruppe schläft noch. Ich streife durch den Flur, Yuri an der Hand. Ihre Mütze ist verrutscht, sie reibt sich die Augen. Draußen ist der Himmel grau, der Wind bissig. Ich weiß, ich muss loslassen, doch mein Körper weigert sich. Alles in mir schreit: Bleib. Nur ein Moment länger. Dann sehe ich ihn. Er tritt aus der Tür, zieht die Jacke enger. Unsere Blicke treffen sich. Kein Wort. Alles, was gesagt werden könnte, liegt zwischen uns. Ich trete zu ihm, Yuri schweigt. Ich streiche über seinen Arm. Nur kurz. Und dann gehe ich. Schritt für Schritt. Das Herz schwer. Es ist ein Abschied, der sich nicht wie ein Ende anfühlt. Sondern wie ein Riss. Ein leiser Schmerz, von dem ich nicht weiß, ob er heilt. Er bleibt stehen, schaut uns nach. Und ich weiß: So ein Gefühl hatte ich nur ein oder zweimal in meinem Leben. Vielleicht mit meiner ersten großen Liebe. Doch die ist vorbei. Und jetzt? Jetzt bleibt nur dieser Abschied. Ohne Versprechen. Ohne Ziel. Nur ein leiser Wunsch, der zwischen den Anden und dem Meer verweht:

Vielleicht. Irgendwann. Er – der davon spricht, ein Haus auf seiner wilden Insel zu kaufen. Ein einfaches Leben. Ich – die sich nicht vorstellen kann, in der Kälte zu bleiben. Der Wind trägt uns fort, der Horizont bleibt leer, und doch wissen wir, dass etwas von diesem Moment in uns bleibt. Ich weiß nicht, ob sich unsere Wege je wieder kreuzen. Nicht heute, nicht morgen. Vielleicht nie. Aber ich spüre: Manche Begegnungen gehen tiefer als der Alltag, als die Zeit. Die Reise geht weiter. Für mich. Für Yuri. Für ihn.

Wir fliegen zurück nach Europa. Ich beginne für einige Monate eine neue Stelle, Yuri wird in einen Waldorfkindergarten gehen, bis wir mehr Möglichkeiten haben – und wieder aufbrechen können. Ich kann nicht von Sozialprojekten in Südamerika leben. Nicht mit meinem Kind. Ich kann sie auch nicht wie ein Dschungelkind aufwachsen lassen – so sehr ich mir das manchmal wünsche. Doch ihr Weg ist nicht mein Weg. Ich möchte ihr zeigen, was Einfachheit bedeutet – in einer Welt, die immer komplexer wird. Die Briefe, die wir früher schrieben, werden seltener. Das Internet hat Einzug gehalten. Schöne Nachrichten verschwinden, landen nicht mehr in einer Kiste mit getrockneten Blumen und Briefpapier, in der einst die wichtigsten Worte gesammelt wurden. Und doch glaube ich noch immer an zwei Arten von Menschen: Die einen sitzen am Computer in der Internetecke. Die anderen lehnen sich mit einem Buch ans Kaminfeuer – und erinnern sich daran, was das Reisen eigentlich einmal war.

Ich weiß, dass ich loslassen muss. Nicht nur von einem Ort, nicht nur von ihm. Sondern auch von einer Zeit, die nicht zurückkehrt. Und trotzdem – irgendwo zwischen Andenwind und Meeresrauschen, zwischen Abschied und Aufbruch – bleibt ein leiser Wunsch in mir.

Dass alles, was uns verbindet, sich nicht im Wind verliert.

Sondern uns irgendwann wieder zusammenführt.

Vielleicht.

Nicht das Ziel, sondern der Weg. Nicht das Versprechen, sondern der Moment.

Und nicht die Antwort – sondern der Mut, weiterzugehen.

# NACHKLANG

*„Wurzeln sind wichtig im Leben eines*
*Menschen, aber wir Menschen haben Beine,*
*keine Wurzeln, und Beine sind dafür*
*gemacht, woanders hinzugehen."*

*Pino Cacucci*

Dieses Buch ist für euch, meine Lieben.

Für jeden von euch, der ein Teil dieser Reise war – sichtbar oder im Herzen.

In all den Begegnungen, all den kleinen und großen Momenten unterwegs, habe ich etwas über das Leben gelernt:

Über die Weisheit einfacher Menschen, über die Kraft der Stille und über die Schönheit, die in der Unvollkommenheit liegt.

Ich wünsche mir, dass ihr den Blick für das Wesentliche behaltet jenseits von Dingen, Ablenkung und Lärm.

Auf dieser Reise seid ihr alle mitgekommen.

Es sind Geschichten von euch, über euch, von uns – und doch sind es eigene Geschichten.

Denn jeder erlebt dieselbe Welt auf seine ganz eigene Weise.

Lernt, in den Menschen um euch herum die Geschichten zu hören, die sie nicht laut erzählen.

Sucht die Weisheit nicht bei denen, die sie zur Schau stellen –sondern bei jenen, die still geblieben sind.

Die, die euch begegnen wie Engel, wenn ihr offen seid: mit wachen Augen, offenen Ohren – und vor allem: einem weiten Herzen.

Denn das Herz zeigt euch, was gut ist. Was heil ist. Was Liebe ist. Nicht der Verstand.

Liebe findet ihr nicht im Luxus, nicht im Materiellen, nicht in Medien, nicht in einer Welt voller Roboter, künstlicher Intelligenz.

Sondern in euch.

Immer nur in euch.

Erinnert euch daran: Das Leben verläuft nie geradeaus. Hundertwasser sagte:

*„Die gerade Linie ist gottlos. Die gerade Linie*
*ist die einzige unschöpferische Linie."*

Hingegen gibt es immer einen Weg – auch wenn er nicht sofort sichtbar ist.

Ich hoffe, dass euch diese Geschichte den Mut gibt, euren eigenen Weg zu finden. Euch berühren zu lassen von der Welt, und dabei zu wissen, dass in all dem meine Liebe zu euch verborgen ist – in jeder Begegnung, in jeder Entscheidung, in jedem Schritt.

Ich liebe euch.

Eure Mamita